<エリート職業男子シリーズ>

独占欲強めなエリート消防士さまの溺愛包囲網

にしのムラサキ

Vanilla文庫Miel

イラスト／如月 瑞

【プロローグ】

彼は言う。私は彼の心臓なのだと。

「っあ、智樹《ともき》くん、そこだめ、またイっちゃ……う、っ」

腰が勝手に跳ねる。私の身体を硬く雄々《おお》しい屹立《きつりつ》でみっちりと充溢《じゅういつ》させ貫き、最奥を抉《えぐ》っていた智樹くんは小さく低く、喉元で「は」と笑った。

大人の男性らしい、掠《かす》れた声だった。

「ほんとめちゃくちゃだよな、お前。イき顔がこんなに可愛《かわい》いなんて」

そう言って私の脚を片方、自分の肩に担ぐ。彼のいきりたった昂《たか》ぶりが、身体の奥をさらにぐぐっと突き上げる。

悲鳴と嬌声《きょうせい》が混じった、甘くどこか媚《こ》びた声が溢《あふ》れ出る。脚をばたつかせるも、がっしりと逞《たくま》しい彼はびくともしない。

「あぁ、ぁ……っ」

自分のナカが強くうねるのがわかった。私を充《み》たす熱い屹立をぎゅうっ……と食いしばるのも。

ふ、と智樹くんは切なげなため息を漏《も》らす。

「はー……まじで、俺以外に見せるなよ」

智樹くんは瞳をぎらつかせる。普段、大人で、クールで、落ち着いている彼が隠していた、〝男〟の一面。

兄と妹として、同じ屋根の下で暮らした間、彼が私に見せなかった独占欲に満ち満ちた表情。

そんな顔をされると、下腹部が蕩《とろ》けたように甘く疼《うず》く。

「愛してる、芙由奈《ふゆな》」

智樹くんはそう言って、私の髪を指先に巻きつけ、くるくると弄《もてあそ》ぶ。私は身体にみっしりと埋まる硬く大きな熱に、ただ浅く呼吸を繰り返している。

「ごめんな、お前とあいつの関係に、嫉妬なんてするべきじゃない。わかってる」

智樹くんは、ほんの少し目を伏せた。

「わかってるのに、苦しいんだ」

そう言って彼は私の髪に口づけた。そうして精悍《せいかん》な眉目を微《かす》かに歪《ゆが》める。

「本当は、芙由奈のこと誰の目にも晒《さら》したくない。どこかに閉じ込めておきたいくらい」

どうして、と思う。

どうしてそんなに私のことを愛しているの。

問おうとした瞬間、彼が勢いよく私の最奥を抉る。子宮ごと突き上げられ、蹂躙《じゅうりん》される悦楽。

「ひゃう……っ」

そのまま激しく身体を揺さぶられる。蕩《とろ》けきった肉襞を、ずるずると彼の昂ぶった熱が擦《こす》る。肉襞が悦《よろこ》び、彼のものに甘えて絡みついた。何度もゴツゴツと一番奥を突かれて、我慢しきれず今日何回目になるかわからない絶頂を味わわされる。

「はあ……あ、あっ、あ……」

ヒクヒクと自分のナカがうねっている。ぎゅー、ぎゅっ、と不規則に痙攣《けいれん》し彼のものを咥《くわ》え込み、孕《はら》みたくて仕方ないと言わんばかりに入り口を窄《すぼ》ませている。

「はー……芙由奈、可愛い」

悦楽に恍惚《こうこつ》としてみじろぎすらできない私を見下ろし、智樹くんは幸せそうに言う。そうして今度は緩慢に腰を動かし出した。

好き、可愛い、愛してるって言葉が落ちてくる。同時に感じる、強い強い独占欲。

どうして私のこと、そんなに好きなの。

それでも、ひとつ、わかるのは――。

「私も、好き」

喘《あえ》ぎながら、必死に返す。言葉を、気持ちを、一生懸命、彼に返す。

だって私、彼に幸せでいてほしい。

女として？　妹的な存在として？　よくわからない。ただ私は、彼のことが好きで、そして大切でたまらない。

だから、彼が嫉妬で苦しいというのなら。

私は愛を一生懸命伝えて、彼の心を満たしたい。

彼が私を愛して、満たして、大切に守ってくれているように、私も彼を慈しみ守りたいのだ。

「誰にも渡さない」

情欲に濡《ぬ》れたどこか獣《けもの》じみた声に、私は小さく息を詰める。彼はそれに構わず、私の脚にキスをして噛《か》みつく。

「愛してる、芙由奈」

――彼が兄の仮面をかなぐり捨てて数か月で、私の人生は大きく変わった。

女として愛される喜びを知った。

まだちっとも乗り越えられていなかった、父の死と向き合った。私はずっと、逃げているだけだったから。智樹くんに甘えて、弱いままでいただけ。

そして、前へ進む難しさと直面した。

教えてくれたのは、全部全部、智樹くんだった。

だから、どうか――。私を揺さぶる彼に手を伸ばす。

離れないよ、ずっとそばにいる。

その言葉は、果たしてちゃんと言葉になったのかどうか。

彼は私をかき抱き、狂おしい声でやはり何度も「愛している」と繰り返す。

私は彼の広い背中に手を伸ばし、強く強く抱きしめ返す。安心してほしくて、幸せを感じてほしくて。

だって私も、彼を心の底から愛しているのだもの。

【一章】

山内智樹《やまうちともき》くんと初めて出会ったのは、私が小学一年生で、智樹くんが小学六年生のときだ。

三月だというのにすっかり冷え込んだ、雪が散る薄曇りの朝のこと。頬に当たる雪花《せっか》の冷たさを、不思議なくらいによく覚えている。

『芙由奈《ふゆな》。今日から一緒に暮らす智樹くんだよ。ご挨拶《あいさつ》しなさい』

庭先でお父さんがそう言って、私は智樹くんを見上げた。私が生まれたときにお父さんが植えたのだという桜の樹の下だ。

『わあ』

思わずそう言ってしまうくらい、彼は整った顔立ちをしていた。スッと通った涼しげな目鼻立ち、凛々《りり》しく引き結ばれた意志の強そうな唇。ついついぽかんとしてしまう。

智樹くんはそんな私を少し不思議そうに見て、それから緊張気味にちょっとだけ頬を緩めた。ふわ、と彼が吐《は》いた息が白く空中に霧散する。

『よろしく。山内智樹です』

変声途中の、みずみずしい声だった。

私は蚊の鳴くような声で『よろしくね』と応えるので精いっぱい。だってこんなにかっこいい人、初めて見たんだもの。

咲きかけの桜が、ふわふわと風に揺れていた。


彼がうちにやって来たのは、少々複雑な事情があった。

まず、彼と私たち赤浦《あかうら》家に血縁はない。彼はお父さんが助けた〝要救助者〟だった。

お父さんは消防士だ。それも、とびきり優秀なレスキュー隊員。これまで一体何人救助したのだかわからないほどなのだけれど、とにかく智樹くんはそのうちのひとりだった。

『小さい頃、両親を亡くしてるんだ。ばあちゃんと暮らしてたんだけど、ばあちゃんが施設に入ることになって……』

智樹くんがそう説明してくれたけれど、幼かった私にはいまいちピンときていなかった。

長じてから知ったのは、おばあさんは火事とは関係なく、ご病気で施設に入られたこと。その半年後に亡くなったということ。……智樹くんを引き取ってくれる親戚は見つからなかったということ。それを知ったお父さんが、智樹くんに『うちに来るか？』と誘ったということ。

もともと智樹くんのおばあさんは、お父さんの高校の恩師だったらしい。智樹くんが巻き込まれた火災のあと、再会し、交流していたのだそうだ。

そのあたりはちっともわからなかった幼い私だけれど、すっかり智樹くんには懐いた。本当のお兄ちゃんのように思っていたし、智樹くんも妹みたいに可愛《かわい》がってくれた。クールに見えるけれど、笑うと年相応に無邪気なところがなんだかとても大好きだった。

六年間と少し、私たちはひとつ屋根の下、家族として過ごした。このまま家族として生きていくのだろうと、私はそう思い込んでいた。大好きな智樹お兄ちゃん。

そして、私が中学一年生、智樹くんが高校三年生になった春。

まだ桜も散り切らないうちに、お父さんが死んだ。殉職だった。三十五歳になれば引退し、他の隊への異動となるレスキュー隊で、最後の出場になるはずだった。

『お父さんのばか、死んじゃうなんて知らない、もう大嫌い』

桜の花弁が舞う白黒の鯨幕《くじらまく》。真新しい中学校のセーラー服に身を包んだ私はそこに隠れ、かがんでタオルを顔に押し付けた。

いつもお父さんは強いんだって言っていた。たくさん鍛えているし訓練もしている、頼れる仲間もいるんだから心配なんかするなって、何度もそう言っていた。なのに、私とお母さんと、智樹くんを置いて死んでしまった。

『嘘《うそ》つき』

私はタオルでくぐもった声で叫《さけ》ぶ。

『お父さんなんか、大嫌い……！』

『芙由奈』

泣きじゃくる私を、詰め襟の制服姿の智樹くんが抱きしめる。私はしゃくり上げながら、何度もお父さんを呼ぶ。嫌い、大嫌い、ねえ帰ってきてよ、もう怒るなよって笑ってよ。口の中が涙と鼻水と、少しだけ血の味がする。どうやっても涙を止められない。

『どうして、なんで、私のお父さん、私の』

智樹くんの腕の力が強くなる。彼は私の頭に頬を寄せ、『俺が』と低く掠《かす》れた声で呟《つぶや》いた。

『これからは、俺がお前を守るから』

私は顔を上げる。智樹くんがじっと私を見返している。私はただ目から涙を零《こぼ》れさせ、彼を見返す。智樹くんは再び私を腕に閉じ込め、お父さんの棺《ひつぎ》に向かってはっきりと告げる。

『芙由奈は俺が守ります。何があっても、必ず』

ざあと風が吹いて、桜と鯨幕を揺らした。

◇◇◇

――あれから十二年。智樹くんは、いまだにあの約束に縛られて生きている。

たとえば、コーヒーの香り漂うカフェでお気に入りの本を読んでいるとき。

休日の朝、可愛い愛猫がお腹の上でくるんと丸まってくれたとき。

おいしいケーキのお店を見つけたとき。

私にとって「幸せだな〜」と思う瞬間ってこんな感じなんだけれど、智樹くんはどんなとき幸せなのかな？　ってたまに考える。ぶっきらぼうで、真面目でクール。その一方で、あんまり表情なく摑《つか》みどころがないせいで、何考えてるかよくわかんない、彼。

少し前まではもう少し表情も動いてたし、何考えてるかわかった気がするんだけど、私が成人したあたりからよくわかんなくなった。まあ「お兄ちゃん」なんてそんなものだよね。いつまでもあの無邪気な笑顔が見られるわけじゃない。

——とりあえず、今はちょっとだけ怒っているらしい。

「芙由奈」

そう私を呼ぶ、すっかり低くなった声は、明らかに窘《たしな》めるものだった。

「その服。少し丈が短いんじゃないか。破廉恥《はれんち》な」

……窘めるにしたって、二十四の立派な大人に対する言い方じゃない気もするけれど。だいたい破廉恥だなんて、時代錯誤もいいところだ。

実家の玄関に仁王立ちになり仏頂面をしている智樹くん——まあ、いつもだいたい仏頂面なのだけれど——の頭は、私よりずいぶん高いところにある。

百八十センチを超えている彼の背が、平均身長の私からするとずいぶん大きいせいだ。私はその高いところにある涼やかで端正なかんばせに向かい唇を尖《とが》らせた。

「短くないよ」

「短い。膝が見えてる」

「ちょっとだけじゃん」

膝の半分が見えるか見えないか、とにかく普通の丈の長さだ。春らしい薄手のワンピース、買ったばかりだから着てみたかった。そこそこ似合っていると思ったのだけれど、智樹くんは一目見るなり渋面を作った。

「ちょっとでもだめだ」

「なんで」

「心配だから。きっと赤浦さんもそう言うはずだ」

出た。また「赤浦さん」だ。智樹くんはいつだってそのひと言で私を黙らせる。

智樹くんの言う「赤浦さん」とは、私のお父さんのことだ。

「お父さん、そんなこと言わない気がするけどな～」

「言うに決まってる」

む、と私は唇を尖らせた。もう二十四歳なのに、智樹くんの前だとどうしても幼い仕草《しぐさ》や口調になってしまうのは、兄と慕う彼についつい無意識的に甘えてしまっているからだろう。

私、ブラコンなのかも。でもそろそろ、それもやめなきゃと思っているのだけれど、癖というものはなかなか抜けない。

「あら、芙由奈。今日のおでかけって智樹くんだったの？」

パタパタと廊下を小走りでお母さんが玄関までやって来る。腕には愛猫のアイヴォリー、通称アイを抱いていた。私は眉を下げ、お母さんの腕の中にいるアイを指先で撫《な》でる。

「ううん、違うよ。田浦《たうら》さんと。なんで智樹くんいるのかはわかんない」

アイが気持ちよさそうに目を細める。もう十二歳だから、シニアに片足を突っ込んでいる子なのだけれど、まだまだ元気いっぱいだ。大好きな智樹くんを見つけ、にぁにぁ鳴いて彼の腕に収まる。智樹くんは相変わらず渋い顔をしているけれども。こんなに可愛い猫を抱っこしたら、もう少し表情を緩めてもいいと思うんだけどな。

智樹くんにアイを預けたお母さんが「田浦さん？」と首を傾《かし》げる。

「田浦さんって、お父さんの部下の、ときどき焼香に来てくれるあの田浦さん？　あの人とデートなの？」

「そう、その田浦さん。でもデートなんかじゃない、本当に」

チラッと智樹くんを見上げる。智樹くんは凛《りん》としたかんばせを微《かす》かに渋くする。

「田浦さんはダメだ。あの人、四十過ぎだぞ？　年上すぎる。芙由奈はやれません」

最後のくだりはお母さんに向けてだった。

「相変わらず過保護ねえ智樹くんったら。でも田浦さんならお父さんとも仲がよかったし、そりゃあかなり年上かもだけど、お母さんは安心かな」

お母さんの言葉に、私ははあと盛大にため息をついてみせる。アイは智樹くんに抱っこされ、我関せずで「ぁーう」とあくびをしている。

「あのね、田浦さんとはなんにもないよ。本当になーんにもない。お父さんでもおかしくない年齢の人とどうとか、私は絶対にない」

「じゃあなんで田浦さんとでかける約束なんかした？」

眉を寄せる智樹くんの声は心なしか尖っている。

「ん、ええと」

私は少し口ごもる。じっと智樹くんは私を見下ろしている。薄目で睥睨《へいげい》していると言ってもいい。アイはゆったりと尻尾を揺らしていて、なんとも場違いというかなんというか。

それにしても智樹くん、ちょっとどころじゃなく怒っているなあ。昔から過保護なんだ。

少々急ながら、頭の中で考えをまとめる。実は、前々から考えていたことがあったのだ
——智樹くん、お父さんのお葬式での約束にこだわりすぎてるんじゃないかな。

自分の人生とか度外視で私のこと優先なのは、そのせいなんだって思う。そのせいで女性にモテるらしいのに、いまだに彼女のひとりもいない。

お父さんと同じレスキュー隊員になった智樹くん。仕事熱心で、休日だってトレーニング

するか、私と過ごすか。私と過ごすといっても、うちでアイと遊ぶとか、本屋巡りするとか、カフェでまったりするとか、そんなものだ。そもそも消防士である彼の休日が土日にかぶるのはレアだ。

そんな生活をしていては、いつまでたっても智樹くん自身の幸せは訪れないのでは……とハタと気がついたのは、つい最近。

智樹くん今年三十歳だな～、プレゼントは何がいいかな～とか考えていて愕然《がくぜん》としたのだ。智樹くんがもう三十歳！

ほんと、気がつくのが遅くて申し訳ない。私は周囲からものんびりしていると言われがちなのだった。

とにかく、智樹くんは私のことを守るとお父さんに誓ったので、私を過保護気味に大事にしてくれているのだ。でも、私は智樹くんの人生の邪魔をしたくない。

智樹くんには智樹くんの人生があるはずなのだ。そのためにはどうすればいい？

そこで、お父さんの部下で今もときどきお焼香に来てくれる田浦さんに相談した。四十過ぎの独身主義らしいがっちりとした大きくて豪快な男性で、今は智樹くんの上司だ。

『田浦さん、お願いします。私、智樹くんに恋人を作ってもらいたいんです』

『ええ、彼女？　やぶから棒に……って、芙由奈ちゃんが彼女じゃなかったのか？』

田浦さんはアイに頭まで登られつつ首を傾げた。私は思わず目を丸くする。

私が彼女だなんて！

智樹くんみたいなかっこいい人には、私なんかそもそも釣《つ》り合わないはずだ。

『あのですね田浦さん。何がどうなったらそういう勘違いできるんですか。そんな艶《つや》めいたもの、私と智樹くんの間にはこれっぽっちもありませんよ』

『まじか。山内かわいそうだなあ』

なんでかわいそうなのかはわからないけれど、とにかく私は訴えた。お父さんのお葬式での約束のせいで、責任感が強く真面目な智樹くんは私の面倒を見ないといけないと思っているだろうこと。

『智樹くんには智樹くんの人生を歩いてほしくて……とりあえず、恋人でも作れば変わるんじゃないかって。ほっとくとずーっと私にかかりきりなので、それも申し訳なくて』

『それで彼女か。なるほどなあ。確かにモテるのにグラつくそぶりもないもんな』

結局腕に収まったアイの首を撫でながら、田浦さんは続ける。

『オレはてっきり、あいつは芙由奈ちゃんと付き合ってるからだと思ってたけど』

『だから違います。智樹くんとは兄妹です』

『そっかあ。うーん……なるほどなあ』

田浦さんはしばし黙考したあと、最終的にはＯＫを出してくれた。そしてふたりで考えたのが、消防署のみなさんと、私の職場の同僚数人でのバーベキューだ。

とはいえ、智樹くんの真面目でクールな性格からして、普通に誘っても絶対来ない。それどころか『男がそんなに参加する飲み会？　行くのか？　なんのために？』とか詰められ、私もきっと参加させてもらえない。もう社会人、二十四歳なのにもかかわらず、だ。

そこで、秘密裏に作戦を実行することとした。ちなみに私は嘘が苦手だ。そのため『とにかくみんなでバーベキューするから来て』という雑なお誘いになっていた。智樹くんはめちゃくちゃ訝《いぶか》しんでいたけれど、まあ、なんだかんだ私に甘い彼は了承してくれた。

同僚たちも『消防士さんと合コン？　わー行きたーい』とノリがよかったし、みんないい人だし、可愛いし、智樹くんもときめいちゃったりとかするんじゃないかな。

まあ、少し寂しいのだけど。

『それより芙由奈ちゃんが先に恋人作るほうがいいんじゃないのか？　そのほうが山内も芙由奈ちゃん離れできそうだぞ』

とは、田浦さんの案。なんか他に言いたそうな顔をしていたのは解《げ》せない。

『まあ、それはそうなんですけど』

ただ、これは私としては気乗りしなかった。なんかこう、智樹くんの幸せを見届けてから……みたいな感覚があるのは、やっぱり彼のことを兄のように慕っているからだろう。

こんなふうなスカートの丈ひとつにも口を挟んでくる過保護っぷりには、ときどき閉口するのだけど。

「とにかく、スカートの丈も大丈夫だし、田浦さんとは来週のバーベキュー用のちっちゃいものを買いに行くだけ！　ホームセンターに！」

そもそもこのバーベキューの言い出しっぺは私なので、全部自分で用意しようとしていたのだ。『赤浦家、車ないじゃん。それじゃ大変だろ』と、田浦さんが車を出してくれることになって、それが今日というだけだった。なのに、どうしてか智樹くんに通せんぼされている。むうと彼を見上げると、じっと見つめ返される。

真面目一徹で生きてきた、後ろ暗いことなどなにひとつない人の視線は、時に凶器だ。私なんて智樹くんを騙《だま》して合コンバーベキューに連れて行こうとしているから、ちょっとやましい。それどころか結構やましい。そのせいで目線を逸《そ》らすと、智樹くんは「はー」とため息をついて私の頭をぽんと叩《たた》く。

「わかった。ホームセンターには俺が連れて行く」

智樹くんはアイをお母さんに渡しながらもう一度ため息をつく。めちゃくちゃ渋々って顔をしている……そもそも私をバーベキューなんかに参加させたくないオーラが溢《あふ》れているけれど、それはまあ見なかったことにして。

というよりも。

「え、ええ？　田浦さんは？　約束してるの」

「そもそも田浦さんから言われてきたんだ。お前と買い物行くけどいいかって。ダメって言ておいたからな」

「えー⁉」

私は目を丸くした。だって智樹くんはゲストなのに……と、それからハッとする。むしろ準備から参加してもらってたほうが、私の作戦に気づかれにくいかもしれない。さすが田浦さんだ。

「ふふ、ふふふ」

「珍妙な笑い方をするな。行くぞ」

「珍妙なって」

ひどいなあ、と思いつつ「行ってきます」とお母さんとアイに手を振り玄関を出ると、春の風が頬を撫でた。庭の桜が花弁を揺らす。

「わー、まだ少し冷えるね。花冷えっていうか」

ポーチで智樹くんに話しかけると、返事もないまま彼は無言で私に自分の薄手のコートをかける。かなり大きくてぶかぶかだけど、あったかい。

「わあ！　ごめん、そんなつもりじゃ」

「車ん中も暖房あったまるまで着ておけ」

「でも」

「どうせ運転するときは脱ぐからいい」

智樹くんは私を見もしない。なんならぶっきらぼうなくらいだ。なのにきちんとあったかいように着せてくれて、私はちょっと照れながらお礼を言う。

肋骨の奥のほうが、ぽかぽかしてどうにも気恥ずかしい。

「ありがと」

「ん」

見上げる智樹くんの表情は特に変わらない。お兄ちゃんって多分、妹に対してこんなふうなんだろう。ぶっきらぼうで、無関心なようで、大切にしている。

門扉に手をかけたところで、お母さんが「帰り、うち寄るわよねー？」と智樹くんに言う。

智樹くんは「はい！」と礼儀正しくきっちり頷《うなず》く。

普段何も止まってないうちの駐車場に、智樹くんの黒のＳＵＶが止めてある。乗り込みながらふと首を傾げた。

「そういえば、智樹くんとなら、このワンピース着てて大丈夫なの？」

智樹くんは運転席でシートベルトを締めながら、こちらに目もやらずに言う。

「ああ。俺とならいい」

「なんで」

「一緒なら守れるから」

私は目を瞬《またた》き、ちょっとどぎまぎする。そして思う——やっぱりまだ、彼の中であの約束は健在なのだ。

　ところで、私たちが住むのは、神奈川《かながわ》県の海側、工場地帯もある東京《とうきょう》のベッドタウンだ。人口も百万人を超える大きな街。

　その港に近い商業エリアは、日曜日の今日、特に賑《にぎ》わっていた。エリアの隅にあるホームセンターで、炭だの紙皿だの紙コップだのを買い込む。

「鉄板とか機材はバーベキューするとこで貸してもらえるの。だからこういう消費物だけいるってわけ！」

　サッカー台で袋詰めしながら言うと、重いほうの荷物を当然のように片手に取った智樹くんが小さく頬を緩めた。

「人工島の公園とこだよな」

「そうそう」

「昔、行ったよな」

　ん、と頷きながら軽いほうの袋を持ち眉を下げる。彼のこういう口調のときは、たいていお父さんのことを思い出している。

「覚えてるか。あのとき、お前迷子になって総出で探したんだ」

「覚えてるよー。智樹くんが見つけてくれて……あれ、なんで迷子になったんだっけ」

　首を傾げると、智樹くんが大きな手でぐりぐりと頭のてっぺんを撫でてくる。

「覚えてないか」

「ないけど、もう、髪ぐちゃぐちゃになるじゃん」

文句を言うけれど、智樹くんは素知らぬ顔でスタスタと歩き始める。

それにしても、お父さんとの思い出は、いつまで智樹くんを縛り付けるのだろう。

「芙由奈？」

振り返った智樹くんに名前を呼ばれてハッとする。

「あ、その。それ、重くない？」

「これで重かったら消防士なんかやれてない」

「そっか」

「それより、昼飯どっかで食べて帰るか」

いつものとおりに提案され、私は笑って頷いた。車に荷物を載せ、ふと口を開いた。

「そういえば、智樹くんの車、久しぶりかも」

「そうか？」

「最近ご近所か電車が多かったもんね」

私はシートベルトを締めながらしみじみと言う。智樹くんに彼女ができたら、おでかけも助手席も、全部譲らないといけないんだなあ。

寂しいけど、妹ってそんなものだろう。

「じゃあ今度、少し遠出するか。水族館とか。行きたがってただろ」

「んー……」

私は曖昧《あいまい》に窓の外を見る。その約束は果たせないかもね。なにしろ智樹くんはかっこいいし、背も高いし、彼女なんて作ろうと思えばすぐにできるはずだから。まあクールで少々ぶっきらぼうだけど、案外と彼女さんにはデレるのかも。

とにかく、なんでもいいから智樹くんに幸せになってほしい。

お父さんへの恩だなんて、そんなもの忘れてほしいんだ。そもそも、消防士さんになったのは……本当にあなたのやりたいことだったの？　そんなふうにも思う。

だってそれも、お父さんへの恩返しなんじゃないの？　そんなの必要ないよ。お父さんは自分のやりたいことを貫いただけ。家族なんて二の次にね。

私はまだ、お父さんを許せてない。顔ももう、あんまり思い出せないのに、だ。

誰かを守って死んだことを、かっこよかったなんて到底思えない。家族を置いていったことを怒ってる。智樹くんみたいに憧れなんて抱けない。

なにより……私以外の誰もが、まだお父さんの死を受け入れていない、そんな気がしている。それがどうしても胸に引っかかる。

まあそんな「智樹くんにはお父さんを忘れて幸せになってほしい」って思惑まみれで開い

た合コンバーベキュー。市内にある海水浴場近くのバーベキュー専用のエリアだ。日帰りグランピングを兼ねた施設で、簡易的だけどやけにおしゃれな大きなテントもある。

そのテントの中、ふかふかのソファに座った私は、鉄板の前で女の子に囲まれている智樹くんを見ながらニヤニヤしていた。

「すっごくニヤニヤしてんなあ、芙由奈ちゃん」

「田浦さん、おつかれさまです」

「おつかれ」

そう言いながら田浦さんは私の横に座り、オレンジジュースの缶を渡してくれた。

「ありがとうございます」

小さい頃から好きなジュースだ。付き合いが長いから、こういうのも知られてる。

さっそくいただく私の横で、田浦さんは小さく苦笑して「いやあ、わかってたけどすげえなあ」とビールをあおる。

「山内のモテかた、えげつないわ」

「でしょう？　完璧に予想どおりです。真面目な智樹くんのことだから、肉焼き係を買って出ると思っていました。動かないから、半ば強制的に女の子たちと会話せざるを得ないってわけです」

「今さらだけど、あの子たちって芙由奈ちゃんの同僚？」

「そうです！　みなさん、教科はそれぞれですが」

私は公立小中学校の図書の先生をしているのだ。経費削減の昨今、常駐ではなくいくつか掛け持ち。その各校で親しくなった人たちを今回お誘いしたというわけだ。男性側は、智樹くんのほか田浦さんと、ふたりの同僚があと数人。それぞれバーベキューを楽しんでくれている雰囲気で、主催者としては満足。

「田浦さんはいいんですか」

「うーん、まあ主催だから来たけど、オレにはちょっと雰囲気が若々しすぎるかなあ。あの子たちも、おじさんいたら気を使うだろ」

「そうですか？」

「そうそう。……それにしても山内の無表情、どうにかならんか」

「緊張してるんでしょうか」

眉を下げオレンジジュースに口をつける。

田浦さんは大きな身体を揺すって笑う。

「えー、ほんっと山内、かわいそうだ」

「どの辺がですか？」

「はは、まあまあ、いいんだよそれは。オレがうまいこと焚《た》きつけようと思ってたんだけど」

「何をです」

「芙由奈ちゃんって鈍感?」

「鈍感……というか、のんびりしているとは言われますが」

「それ遠回しに鈍感って言われてない?」

「ひどいです」

眉を寄せジュースをちびちびと飲む。そんなひどいことを言わなくたって。

「まあ、そのへん親子で似てるよな」

はは、と乾いた笑いで田浦さんは言う。

「親子って、お父さんですか?」

またお父さんって気分で聞くと、田浦さんは微かに笑った。

「……や、絹子《きぬこ》さんのほう」

「お母さん?」

んー、と田浦さんは目を細めた。困ったような顔だった。ちょっとこの辺、お父さんに似てるかも……って、あれ?

「……鈍感?　お母さん?」

私はハッと田浦さんを見る。田浦さんはへにゃりと笑った。

「え、えええ。本当に?　田浦さん、お母さんのこと好きなんですか?」

「んー……いやまあ、そう、そうだね」

田浦さんは目元を赤くして目を逸らした。

「つうか芙由奈ちゃん、そういうところ急に鋭《するど》くなるのやめてくれよ。自分のこと考えてくれって」

「や、いやいやいやそれどころでは」

私は田浦さんにぐいっと近づく。田浦さんはたじろいでビールをごくごくと飲み干した。

「あー……引いた？　言い訳だけど、赤浦さんが存命だった頃はそんなこと考えてなかったよ。お焼香に通ううちに、こう、ね」

「いえ！　お母さんまだ若いし」

二十歳過ぎで私を産んだお母さんは、まだ四十代半ば。田浦さんとは五歳くらい違うけれど、全然ありなんじゃないだろうか。まあ私、恋愛経験とかないからその辺わかんないんだけれど。

「まあ、その。絹子さん、まだ赤浦さん好きだから」

私は小さく頷いた。けどお母さん、もしかしたら年上のほうが好きかも……。

「それに、オレもほんと、こんな感情抱いて赤浦さんに申し訳ないよ」

私は「そんな」と呟いて黙ってしまう。

お母さんはいまだに、お父さんひとすじ。もう十一年経つし、恋人のひとりいたってお父さんは怒らない……、と思うけど、お母さんはよしとしないだろう。

頭の中にお父さんの顔を思い浮かべようとして、ノイズがかかったみたいに失敗した。お仏壇の写真だって毎日見てるのに、変なの。

お父さんが亡くなって十一年――。

なのにまだみんな、お父さんのこと忘れられてない。お母さんも、智樹くんも、田浦さんも。まだお父さんが生きてるみたいに扱う。みんながあの人の思い出に縛られて生きてる。

私はそれが、ときどきどうしても苦しくなる。

「芙由奈ちゃん、絹子さんにはこれ、秘密にしてもらえる……？」

「あ、はい。もちろんです」

ありがと、と田浦さんは眉を下げつつ、「それにしても」と空のグラスを弄《いじ》る。

「オレが言えたことでもないんだけど、山内もはっきりしないからダメなんだよなあ」

「智樹くんですか？」

「そ。なあ本当に山内のこと、なんとも思ってないの？」

「なんとも、って」

急に変わった雰囲気にたじろぐ。

「じゃあたとえば、山内が他の女と付き合っても平気なのか？　ちゃんと想像した？　あの子たちの誰かと」

田浦さんが鉄板のあるあたりを指さす。

「山内が手を繋《つな》いで、笑い合って、結婚して子どもまでできるかも」

私は小さく息を呑《の》む。つきんと胸が痛むのは、私が兄離れできてないせい。

「へ、平気です」

「へー？　本当に〜？」

田浦さんが私の顔を覗《のぞ》き込む。私はきゅっと眉を寄せた。

「私だって、いつまでもブラコンではいられません」

「あー……ブラコン、なあ」

田浦さんは首の後ろをぽりぽりかきながら、ちょっと意地悪な顔で笑った。

「じゃ逆に。山内じゃない、他の男に迫られて芙由奈ちゃんは平気なわけ」

「迫られる、って？」

「こんな感じ」

ソファに手をつかれ、ぬっと田浦さんが顔を近づける。私は思い切り眉を寄せた。

「む、近い、近いです」

「ひどいなあ。赤面ひとつしねえんだから」

「そりゃ、田浦さんが好きなの別の人だし？」

にやりと揶揄《からか》うと、田浦さんは「うお」と頬を赤くする。

「くそ、あんな仄《ほの》めかすようなこと、言わなきゃよかった」

「もしかして罪悪感あったりしてます？」

私が田浦さんの立場なら、恋していること自体に罪悪感を抱いてしまうと思う。無意識的に、私にお母さんに恋していいと許可をもらいたかったのかも。たとえ未来なんかない恋だとしても。

田浦さんがうぐっと言葉に詰まった瞬間。

「……う、おっ」

ぐいー、と田浦さんが離れていく。田浦さんのTシャツの後ろ首を摑んでいるのは、眉間に深く皺《しわ》を刻んだ智樹くんだった。

「智樹くん？」

「田浦さん。こいつに何をしているんです」

「なんも？　世間話？」

明るく答える田浦さんを、智樹くんはじろりと見下ろした。田浦さんは肩をすくめて「はーあ」と眉を下げて笑い、ソファから立ち上がろうして智樹くんの肩に手を置き、彼の耳元で何か囁《ささや》いた。

「……田浦さん。どういう意味ですか」

智樹くんの眉間の皺がさらに深くなる。

「そのままだって。あのさあ、山内。ほんとにこれマジだよ」

手を振ってテントを出る田浦さんの背中をぽかんと眺《なが》めていると、ボスンと私の横に智樹くんが座る。

「芙由奈」

「うん？」

「お前、これ企画したの俺のためか」

「あ！　バレちゃった」

私はふふふと笑う。

「ごめんね。でもさ、お互い家族離れしなきゃと思って」

「――家族？」

「え、うん」

は、と智樹くんは大きな手で自分の口元を覆《おお》い、乾いた笑いを漏《も》らす。そうして私に目線を向けた。

「芙由奈。俺は」

「うん」

「お前のこと、妹とは思ってない」

「え」

呆然《ぼうぜん》とする私を置いて、智樹くんは立ち上がってテントを出ていった。その広い背中には隠しきれない苛立《いらだ》ちが浮かんでいて、私はどうしたらいいのかわからない。

半泣きになりつつテントから出た。

智樹くんは肉焼き係に戻っている。むっつり無表情で、周りにいる人たちと何か話していた。無愛想なのになんか盛り上がってる……。

さっきまで平気だったはずなのに疎外感。

私はアウトドアチェアを隣のブースとの境にある木の柵まで持っていって、ぽすんと座って、みんなを眺めた。楽しそうでホッとするのに、どうして少し寂しいのかな。

妹じゃないって言われたからかな。

柵の向こうの、隣のブースに視線を向ける。大学生っぽいグループが、楽しげにバーベキューをしている。網の上にはお肉の他に、スキレットで鳥をハーブで焼いたりパエリアしたり、おしゃれなおつまみ缶を温めたり、キャアキャア楽しそうだ。

「わあ、おっしゃー……」

うちなんか肉しか焼いてない。女子が来るんだしもっとおしゃれにすればよかったとふと目線を智樹くん側に向けると、智樹くんが私のほうを見て目を見開く。トングを投げ置き、ものすごい勢いで私のほうに走ってくる。

「芙由奈！　来い！」

狂おしい声とその表情に身をすくませる。彼はとても——必死だった。

心臓がぎゅっとする。

「芙由奈……っ！」

何か起きてる。反射的に彼に手を伸ばした私を、智樹くんは強くかき抱き、腕に抱きすくめる。あったかな智樹くんの逞《たくま》しい身体——同時に何か弾《はじ》けるような激しい音がして、「ぐっ」と智樹くんが息を呑《の》むのが聞こえた。お隣のブースから悲鳴が上がるのも、「赤浦さん！」「山内！」とみんなが私たちを呼ぶのも。

「山内！　大丈夫か？」

「田浦さん、消火！」

「お前なあ。まあいいわ、まかせろ！」

ぽかんとする私から智樹くんが離れる。私の頬を撫で「怪我《けが》ないな？」と顔を覗き込まれた。

「え、あ、な、ないよ……？」

私はやけに香ばしい匂いに眉を寄せる。智樹くんのアウターの肩口に、鶏肉っぽいものの破片がついているのが見えた。地面にひしゃげた金属がいくつも落ちている……何これ、缶詰？

「な、何があったの」

お隣に目を向ければ、バーベキューコンロがごおごおと燃え始めていた。

「隣、缶詰直火《じかび》でいってたみたいだ。爆発した」

「ば、爆発？」

私は目線を泳がせる。

「どうしてそんな」

「できるだけ遠くに離れとけ」

普通に無視され、避難を指示される。戸惑う私を置いて、智樹くんは柵を跳び越え隣のブースで消火作業をしていた田浦さんの手伝いに入る。どこにあったのか、消火器まで持っていた。

私は知らなかったのだけれど、缶詰は直火にかけてはいけないらしい。たまにテレビのアウトドア特集なんかで見かけていたせいで、できるものだと思い込んでいたのだれど……。

「智樹くん。缶詰当たったところ、大丈夫だった？」

「ああ。なんともない」

腕にアウターを持った智樹くんが彼の車に戻ってきたのは、あれから一時間ほど経過してからだった。

結局、消防車も出動して、てんやわんやだったのだ。消防士である男性陣はみなお仕事モードになっていたから、私たち女性陣は解散みたいな流れになった。私は勝手に智樹くんの車で彼を待っていた感じだ。

「さっき、みんな帰ったところ」

「芙由奈も帰っていてよかったのに」

智樹くんは軽く息を吐きながら運転席に座り、助手席にいる私をチラッと目だけで見る。

「智樹くん心配だもん、無理だよ」

「……そうか」

智樹くんは微かに眉を寄せてそう言ってから、簡単にあらましを説明してくれた。

「缶詰の内側のコーティングが、直火で溶けて引火したんだろう。それがオイルと中身にも火をつけ、最終的に弾けたんだと思う。蓋《ふた》がきちんと開いていないものもあったし、その上いくつもくっつけて並べて調理していた」

缶詰が数個、私のほうに弾けて飛んだらしい。とにかく直火はダメだ、と智樹くんは断言してアウターを後部座席に放り、当然のようにエンジンをかける。

「送る」

「待って智樹くん。あの、その前に……庇《かば》ってくれてありがとう」

「ん？」

智樹くんは一瞬不思議そうな顔をして、それから「ああ」と頷いた。

「智樹くんは……あんなふうに、人を助ける仕事をしているんだね」

私は小さな声で呟く。

要救助者を庇って殉職したお父さん――私も今日、智樹くんに庇われてしまった。

私は両手で顔を覆う。

「智樹くんは、私のことなんか、助けないでよかった」

私以外の人のことも、助けたりしないでほしい。その言葉はなんとか呑み込む。きっとそれは、消防士さんたる智樹くんの矜持《きょうじ》にかかわるところだろう。

「……俺があぁしなきゃ、お前、怪我してたろ。缶詰って軽く見るなよ、金属がひしゃげる圧力がかかってんだ。火傷《やけど》だけじゃ済まなかったかもしれん。ちょうどお前の頭の高さだったし」

「私のことなんかより、自分を優先してって言っているの」

そう言った途端、智樹くんの逞しい身体がこわばったのがわかった。おそるおそる彼を見ると、ものすごく冷たい顔をしている彼と目が合う。

「俺に、お前が怪我すんのを、黙って見てろって言ってんのか」

「……あ」

言ってはいけないことを言った。それはわかった。智樹くんは唇を噛み、私を送り届ける。家の前で車に乗ったまま無言になって、私はどうしていいか本当にわからない。膝に視線を落として両手を握る。

「あの、ごめん、智樹くん、ごめんなさい。消防士のお仕事を否定したわけじゃ……」

ゴッ！　と音がして目線を上げると、彼はハンドルを拳《こぶし》で叩き「違う」と掠れた低い声で私を見る。

「お前を守るのは消防士としてじゃない」

「……お父さんとの約束だから？」

「違う」

「妹だから」

「違う」

智樹くんはひどく静かに否定して、続けた。

「俺はお前のこと妹と思ってないんだ。……もう家入れ」

「智樹くん」

「話したくない」

雰囲気に気圧《けお》され、私は謝罪を口にしながら車を降りた。

◇◇◇

「どうしよう、完全に怒らせた」

妹じゃないだなんて言われてしまった。ドラマとかでよく見る『お前とはもう親でも子でもない！』の兄妹バージョン、みたいな……はあ、と何度目かわからないため息をつく。智樹くんのお仕事を否定したように取られてしまったのかな。

「私はただ……智樹くんに怪我してほしくなかっただけ」

私は小学校の図書館、パソコンの前で呟く。自分が怪我するより、なにより、智樹くんが傷つくのが嫌だった。

キーボードの上、のろのろと指を動かす。新着図書を貸し出しシステムに入力しているところなのだけれど、どうにもこうにも完全に怒っている智樹くんが頭から離れてくれない。はあ、と再びため息をついて入力を続け、なんとか終わらせて立ち上がる。

「ページ取れてるやつ、補修しなきゃ……」

子どもが読む本だから、どうしても破損が出てしまう。大切にはしてくれているのだけれど。とはいえ『取れちゃった』と悲しげに言われると、あまり強くは怒れない。娯楽がすっかり増えた今、休み時間に図書館に来てくれる子なんて、本好きの子だけだもの。

専用のテープで補修する。たまにセロハンテープを一生懸命お家《うち》で貼って修理してくれる子がいるけれど、セロハンテープは劣化してしまうので使わないほうがいい。気持ちはとても嬉《うれ》しいのだけれど。

「これでよし」

「あ、赤浦先生～」

ご機嫌な声が入り口から聞こえて目をやれば、つい先週のバーベキューに招待した同僚が立っていた。

「おつかれさまです。どうしました？」

授業で使う本のことかなと立ち上がると、彼女は軽やかな足取りで駆け寄ってきて私の手を握る。

「赤浦先生、本当にありがとう！　念願の彼氏できたよ～！」

「あ、わあ。あのバーベキューでですか？」

ドキッとして同僚の顔を見つめる。もしかして智樹くんと……？　と思っていると、同僚は全然別の人の名前を口にした。

「久しぶりの彼氏、めちゃくちゃ嬉しい。山内さんにもよろしく伝えてね」

「え？」

「ん？　山内さんって、赤浦先生の彼氏でしょ？　バーベキューのときも、ずうっと惚気《のろけ》られてびっくりしちゃった。照れてるのか無表情だったけど」

「惚気……え？」

「缶詰爆発したときなんて、すっごい速かったよね！　絶対守る！　って気迫、あれ愛だよね」

思わずぽかんとした。愛？

「え、えっとその、智樹くんは」

「わたしも赤浦先生たちみたいに長続きするカップルになるね！　じゃ、授業あるからっ」

二の句を継げないうちに、同僚はスキップするようにして図書館を出ていく。私は呆然とそれを見送った。カップル……？

一体何がなんだかわからない。とりあえず、あのバーベキューはおそらく成功していたのだろう。最後はお隣の缶詰爆発トラブルでよくわからない感じで解散になっちゃったけど、とにかくみんな楽しんでくれていたし、こうしてカップルまで成立しているのだから。

わからないのは智樹くんだ。

いつも摑みどころがない人だけど、今回はさらにわからない。惚気ってなに！

仕事帰り、電車でスマホを確認する。智樹くんからメッセージはない。既読にもなってない。ぎゅうっと肋骨の奥が痛い。

あのバーベキューの日から、ずっと無視されている。智樹くんはすごく怒ってる。

私が勝手なことをしたからだ。何かわからないうちに、彼を傷つけたからだ。

「……でも、私は……智樹くんが……」

ぽつりと呟く。智樹くんにお父さんを忘れて幸せになってほしい。それは私を忘れることと同義なのかもしれないけれど、それでも構わないくらい、私は智樹くんが大切なのだ。

離れるなんて、想像するだけで悲しいけれど……もうこれ以上、彼を縛り付けておくのは間違ってる。

私は少し迷ってから、自宅の最寄り駅で降りるのをやめた。もう一駅先まで乗ることにする。過ぎていく夜の街を車窓からぼんやりと眺めた。

降りたのは市内でも比較的繁華な駅だ。帰宅ラッシュの人たちに揉《も》まれながら階段を下り、改札を出る。金曜日ということもあってか、駅前の飲み屋街に向かう人混みがすごい。それを抜け、やっぱり混み混みのバス停に並び、バスに乗り込む。向かうは智樹くんの住む消防の独身寮だ。

目的のバス停で降りると、植え込みのツツジがちらほら咲きかけていた。街灯に照らされるそれを見ながら、のろのろと歩道を歩く。

住宅街にある一見マンションみたいな独身寮の門の前で、私は智樹くんの電話番号をタップした。智樹くんが今日非番なのは知っていた。明日が休みだってことも――だって勤務表、全部送られてくるから。

彼女でもないのに、大切にしてくれていた。なのに、もう妹ですらないと宣言されてしまった。ぐっと胸の奥で何かが突き上げて、それが涙になって溢れ出す。

電話に出てくれない。

私は隠れるみたいに寮の裏手の公園に向かい、改めて智樹くんにメッセージを送る。公園にいるから、少し話したいって。

子ども用の、パンダと変な顔をしたコアラのビヨンビヨンする遊具に座り、空を見上げた。月もない。星がうっすら見えているはずだけれど、涙で滲《にじ》んでいる。

「う」

ついしゃくり上げながら、手で目元を何度も拭《ぬぐ》う。その手を大きな手が掴んだ。見上げれば、智樹くんが肩で息をしている。Tシャツに黒のジョガーパンツ、多分部屋着だ。飛び出してきてくれたようだった。

「智樹くん」

「芙由奈。お前……」

「ご、ごめんね」

私は立ち上がり、必死で頭を下げる。

「ごめんなさい。勝手なことして、ごめんなさい」

智樹くんがびくっと肩を揺らし、私を見下ろして——まるで、迷子の子どもみたいな目をした。初めて見る表情に、つい目を瞠《みは》る。

智樹くんはさっと目線を外し、低く「夜に出歩くな」と唸《うな》るように言った。

「危ないだろ。というか、謝りにきたのか？　わざわざ？　いちいちそんなことで来るな」

「っ、あ、ごめん」

私の声は震えてしまう。智樹くんはハッと目を見開き、「違う」と呟く。

「今のは俺が悪かった。本当に」

声が掠れていた。愕然《がくぜん》としているのもわかる。どうして智樹くんがそんなに動揺しているんだろう？

「ううん、私がだめなんだよ。智樹くんに黙って勝手して、怒られて、余計なこと言って」

すすり泣きそうになるのを堪《こら》えて必死で息を吸い込む。

「妹じゃない、って言われて、私……ただ、智樹くんがいつまでもお父さんに縛られているみたいで、嫌だったから……怪我するの見たく、なかったから……」

顔を覆い、私はようやく素直になれた。

「ごめんなさい、なんでもするから、お願い。私のこと嫌いにならないで、智樹くん」

智樹くんが息を呑む。

微動だにしない彼を見上げると、智樹くんはとても悲愴《ひそう》な顔をしていた。くっきりとした喉仏が微かに動き、そして絞り出すように言葉を紡ぐ。

「嫌いになんかなれるはずがない」

「ほ、本当？」

そう答えるのと、抱きすくめられるのとは同時だった。え、と涙も引っ込む私の頭に、智樹くんが頬を寄せる。

「好きだ」

私はホッと息を吐く。これからもちゃんと妹でいられると安心して――でも、違った。

「芙由奈のこと、俺は女として見てる」

その声に耳を疑う。疑問の声すら出ない。智樹くんを見上げようとすると、ぐっと力を込められ彼の肩に顔を押し付けられる。

混乱したまま、彼の息遣いを聞いていた。温かな体温も――私がみじろぎするたび、何かに怯《おび》えたように抱きしめ直される。鍛え上げられた胸板越しに、心臓が速く動いているのがわかる。

遠くから車が行き来する音が聞こえる。ざあ、とときどき春の風が街路樹を揺らすのも。

「――芙由奈」

抱きしめられてどれくらい時間が経《た》っただろう。ふと智樹くんが口を開く。

「さっき、なんでもするって言ったよな？」

「……うん」

じゃあ、と智樹くんは息を吸った。その肺の動きがわかるほど、私は強く抱きしめられている。

「好きになってくれ。俺のこと」

「っ、あ、えっと。もう、好きだよ。ちゃんと……」

答えながら思う。智樹くんの求めてる答えは、これじゃない。

ぎゅっと肋骨の奥が切なく痛む。不思議なほどに甘くて戸惑う。

……私は、智樹くんに女として見られて嬉しいの？

途端にトクンと心臓が強く拍動した。甘いさざめきが、ざわざわと身体の中に広がる。

「違う。そうじゃなくて……俺のこと男として見てくれ。兄なんかじゃなく、ひとりの男として」

言葉のひとつひとつが、蜂蜜のようにとろりと頭の奥に溜まる。思考がそれに奪われていく——優しい兄だったはずの智樹くんが、必死に私に求愛してる。

私なんかに——どうして？

その疑問で、ようやく私はハッと目を瞬く。だめだ、流されちゃってた。何もわからないのに。そう思うのに、どうしても抵抗できない。

彼は腕の力を緩め、私の顔を覗き込んだ。

「だめか」

その声が、ひどく寂しそうに掠れていて。

私はとても辛《つら》くなって、首を横に振る。

彼にそんな声をさせるのが嫌で、寂しそうにしているのが悲しくて、笑ってほしくて——

だって私は、智樹くんを幸せにしたい。

疑問はたくさんある。流されちゃってる自覚もある。

でも、それでも。

私はまず智樹くんを安心させたかった。大切だから。自分のことなんかより、よっぽど。

——なんで私は、智樹くんのことがこんなに大事なんだろう?

何か忘れてる気がする。

とても大事な、何かを……。

頭の中で、今より幼い彼の顔がちらついた。

「芙由奈」

名前を呼ばれ、ハッと彼を見る。智樹くんはすごく真剣に私を見つめていた。その眼差《まなざ》しに射抜かれて、反射のように、私じゃない誰かに言わされているかのように、口からするりと言葉が零れてしまう。

「わ、わかった。頑張ってみる」

そんなふうに。

脚がすくむ。いいの、智樹くんはお兄ちゃんなのに?

「本当に?」

間髪《かんはつ》を入れず聞き返される。

「う、うん」

おずおずと頷けば、智樹くんが私の頬を指先で撫でる。その指先が微かに震えている。

「っ、ごめんな」

「智樹くん？」

「ずっと無視してて。俺、ほんと情けないんだけど、頭おかしいくらい嫉妬してる。芙由奈に会ったら自分のものにしたくて犯してしまいそうで、怖くて直接顔も見れなかった」

私はさすがに息を呑んだ。犯すって、どういう……。意味はわかるけれど。どぎまぎと目線をうろつかせると、彼は苦く笑った。

「わかってる。そんなことしない」

「うん……」

智樹くんは「はー」と息を吐き、私を抱きしめて背中を撫でる。

「田浦さんにいろいろ言われて、嫉妬したんだ。本当に……情けない男で悪い。俺はいつも芙由奈のこととなると余裕がなくなる」

「田浦さん、何を言ったの」

「……秘密」

きっと田浦さんは、智樹くんを焚《た》き付けるとか言っていたから、そのことに関してだろう。告白しちゃうよ～？　とか、とっちゃうよ、とかそんな類《たぐい》なことな気がする。大人げないなあ……。

「もしかして、私と付き合う的なこと？」

智樹くんは眉間の皺を深くする。

「そんなはずないよ。田浦さん、私のことそういう意味で好きじゃないもん」

智樹くんはムッと私を見下ろす。

「わからないだろ？　あの人、歳の割に若く見えるのもあって、お前くらいの年齢の人からも恋愛対象にされてるんだよ。この間のバーベキューだって」

「や、そうかもだけど……絶対にない」

「どうして」

「……えーとー」

それに関しては、割とセンシティブというかなんというか……田浦さんはお母さんに片思いしてるからなんだけど、黙り込んだ私の頬を智樹くんはくすぐり、「絶対無理」と続ける。

「お前が他の男のもんになるとか、死んでも許せない」

「智樹くん」

ギョッとして彼をまじまじと見つめ返した。死んでも、だなんて。

「恩人の娘さんにこんな欲抱いて、赤浦さんにも申し訳なくて、どうしたらいいのかわからなかった。そのうえ、缶詰の件でお前が自分のことなんかどうでもいいみたいな発言して。

俺にとっては、お前は心臓みたいなものなのに、それなのにお前自身からひどく軽んじられて」

私は動揺しながら「ごめんなさい」と口にする。心臓ってなんだかわからないけれど、彼を傷つけたのは事実だったから。

「……それであれから、芙由奈の連絡見ないふりをしていたんだ。すまなかった」

私は智樹くんの腕の中、ふりふりと首を振り彼の広い背中を撫でた。大丈夫だよと伝えたくて、安心させたくて。

「でも、私に優しいのは、過保護なのは……お父さんへの恩返しじゃ……」

「違う」

智樹くんが私の頭に額を寄せる。そうして幸せそうに私の名前を呼ぶ。

「芙由奈。お前が大切だから。世界で一番好きだから、優しくしてた。芙由奈が俺に懐いているのをいいことに、気持ちを伝える勇気なんかないくせに、一番そばにいた……」

はあ、と智樹くんは掠れた息を吐く。

「こんな男でも、好きになってくれるか」

至近距離で見つめられ、私はどうすればいいのかわからない。智樹くんは「ふ」と端正な顔で寂しそうに笑う。

「芙由奈に惚《ほ》れてもらうために、なんでもする。だから頼む、俺のほうこそ、嫌いになんかならないでくれ」

「き、嫌いになんかなるはずない。その、私はただ、智樹くんに幸せになってほしくて、それだけで……」

混乱している。何をどう答えるのが正解なの？　でもたったひとつ、わかっていることがある。それは。

「私、智樹くんが大切なの」

「――芙由奈」

「それだけなんだよ」

私は彼の腕の中、そっと目を閉じる。とくんとくん、と彼の心音を感じる。私が智樹くんに抱いている感情って、果たしてなんなんだろう。家族への、兄への想いだと思っていた。でも確かに感じる切ないときめきは、それだけじゃないと私に告げている。そんな気がした。


智樹くんの行動パターンは、それからも変わらなかった。いつだって私優先、土日が被る休みは必ず私と過ごす。

好きだと言っていたわりに、その後も智樹くんはいつもどおりだった。ちょっと肩透かしをくらった気分になる一方で、ほんの少し気が楽になっていた。というのも、今まで智樹くんが私といるのは、お父さんとの約束のためだと思っていたから。

義務みたいなものだと。

でも、それは違って。

智樹くんは私といたくて、いる。

それがどうしてか、とても嬉しい。

私はその感情が不思議すぎて、ふとした瞬間につい智樹くんについて考えてしまう。お風呂に入っているときだとか、寝る前のお布団の中だとか、通勤中の電車の中だとかで。

そうすると、智樹くんが幸せそうに私の名前を呼ぶ声だとか、心音だとか、抱きしめる力強さだとか、そういうのがまざまざと蘇《よみがえ》る。そのたびに心臓が自分のものじゃないみたいにドキッとして、そしてその拍動はじわじわと私の身体に熱みたいなものを孕《はら》ませ始めた。


ところで、消防士である智樹くんの仕事は、当務、非番、週休の繰り返しで構成されている。当務日は二十四時間勤務で朝八時から翌朝の八時まで。非番は帰宅できるけれど、会議や訓練が入ることもある。そして週休はお休み。月に何回か、事務仕事だけの日勤が入る。だから、土日に智樹くんが連続でお休みになるのは結構レアだったりする。

そのお休みに、私を水族館に連れて行ってくれることになった。そういえば、春頃ホームセンターに行ったとき、そんな話もしたなあ。

そう思いつつ、私はクローゼットの前で腕を組み「うーん」と悩み、窓の外を見る。

季節はすっかり梅雨。しとしとと降る雨に服装を悩んでいるのだ。決して智樹くんとのデートで何着ようと思っているわけではなくて……って。

「デート？」

自分で考えて、めちゃくちゃ照れてしまう。デート、デートなの、これ？

ううん、そんなはずない、そうだ落ち着こう。いつもどおりのおでかけです。あえてカジュアルめな服を選んだ。悩んでいたせいで、待ち合わせ時間までギリギリだ。

お化粧しようと飛び込んだ洗面所でアイラインに四苦八苦する。あれ、こんなに引くの大変だったっけ、アイラインって？　昨日まで普通に引けてたのに。

「ええ、もう、なんで」

なんか筆先痛んでんじゃないのと物のせいにしつつ、なんとかかんとかメイクを完成させ、お母さんに声をかける。

「水族館行ってくるね」

「あれ、芙由奈。おでかけだっけ」

「え？　うん、智樹くんと」

伝えてたはずだけど、と首を捻《ひね》ると、お母さんは「あらあ」と眉を下げた。

「すっかり忘れてたわ。お母さん、今日から栃木《とちぎ》のおばちゃんとこに行くのよ。大伯母ちゃ

のだ。

お母さんも智樹くんのことを実の子みたいに可愛がっているので、何かと家に呼びたがる
「ごめんごめん。んー、智樹くんと久しぶりに晩御飯食べたかったわ」

百歳近い大伯母の顔を思い浮かべる。

「ええ、そうなの？　言ってよ」

んが施設入ったでしょ？」


「じゃあまた今度家に……って、もしかしてお母さん泊まり？」

「そうなの。月曜日に帰ってくるわね。アイは大丈夫だと思うけど」

アイは猫喘息が出てしまって、昨日から二泊三日で動物病院だ。毎年この時期は出てしまう。他の季節はとても元気なのに……何か理由があるのかな。入院と聞いて、智樹くんも心配していた。なんだかかんだ猫好きなのだ、彼は。

「梅雨って動物によくないのかしら」

「そういえば、アイがうちに保護されたのはこの季節だったね」

そう思い出しつつ、時計を見て微笑《ほほえ》む。

「お土産よろしくね」

「はいはい。お父さんにはお酒でいいかな。あのあたりのお酒好きだし」

仏壇のあるほうをチラッと見ながらお母さんは言う。私は「いいんじゃない」と笑った。

いつまでも過去形にならないお父さん。

挨拶を交わし、家を出る。ちょうど駐車場に智樹くんの車が入るところだった。

「運転上手だなあ」

そう広い駐車場でもないのに、一発であの大きな車を止めるのはすごい。私とお母さん、車庫入れが苦手すぎて車を手放したからなあ……。

玄関からお母さんが出てきて智樹くんに挨拶したあと、「今日からわたし、しばらくいないのよ」と笑う。

「何かあったら芙由奈のことよろしくね」

「はい」

いつもと変わらず、すごく真面目に智樹くんはお母さんに返事をする。

車に乗り込むと、智樹くんが私を見て一瞬だけ表情を消した。なのに瞳に微かな熱を感じて戸惑う。

「智樹くん？」

「いや」

それだけ告げて、智樹くんは前を向く。いつもどおりのクール真面目で凛々しいかんばせだ。首を傾げた私を乗せ、車はゆっくりと走り出した。

隣の市にある大きな水族館は、かなりの盛況だった。

「わー、人多い。イルカショー並ぶかなあ」

あたりを見回す私の手を、一切の躊躇《ちゅうちょ》なく智樹くんが握る。目を瞬くと、私を見下ろす智樹くんと目が合う。

「嫌？」

「い、嫌じゃない」

そっか、ととても普通に答えて彼は歩き出す。私はというと、頬に熱が集まるのを覚えていた。どうして、どうしてこんなに緊張しちゃってるの！

「どこから見たい？」

「え、えええっと、魚」

そう答えると、智樹くんは「ふは」と吹き出す。思い切り笑う智樹くんは珍しい。思わず見惚《みと》れつつ、「なあに」と眉を寄せた。

「いや、魚だらけだからさ」

「そ、それはそう……」

「まあルート順に行くか」

頷きながら、どうしても繋《つな》いだ手を意識してしまう。すごく大きくて、かさついていて、指がゴツゴツしていて、そして熱い。

手のひらに汗をかいちゃいそうで、私は必死でドキドキを誤魔化《ごまか》しながら、歩き出した彼についていく。

智樹くんはペンギンの餌《えさ》やりとイルカショーを予約してくれていて、混雑しているというのにとてつもなくスムーズに回ることができた。

「ありがとうね、可愛かったねイルカ」

イルカプールの観覧席の階段を下りながら、智樹くんを見上げる。彼は一瞬空を見て、それから私に視線を戻した。

「イルカあまり見てなかった」

「え！　なんで」

「芙由奈、見てた」

智樹くんはさらりとそう言って、私の手を取り繋ぎ直す。そうして普通に、とっても普通に歩き出した。私は耳まで赤いのに、智樹くんは私のこと好きだって言う割に平気そう。

私だけドキドキしてる気がする。

ルートどおりに歩いていくと、やがて海月《クラゲ》の水槽にたどり着いた。暗くなった展示スペースで、ふわふわと海月が青白く発光しているみたいに水の中を舞う。

海の月。本当にそのとおりに見えた。

「綺麗《きれい》」

思わず呟き、ぽかんと見上げる。智樹くんも黙って水槽を見て——と、ふいに手の繋ぎ方が変わる。指と指が絡められ、より密着した繋ぎ方にされた。

「と、智樹くん？」

小声で聞けば、そっと額にキスが落とされる。すぐに離れていく熱に目を丸くしてその場に佇《たたず》む。

周りのお客さんは水槽に夢中で、私がキスされたことになんか、気がついてない。

心臓がどっどっどっと高鳴っている。

智樹くんの親指が、私の手のひらをくすぐる。私は眉を下げ、彼を見上げる。だって、ただくすぐるだけじゃない。確かに込められた意志を持つ指先。いやらしく、淫《みだ》らなものに思えて、そう捉える自分がはしたないのか、それともそんな触り方をする智樹くんがいけないのか。

身をすくませている間に、智樹くんの指がつう……と手首を撫でる。手全体にも力を込めたり緩めたり、今度は手の甲をくすぐったり。爪の付け根を爪の先で優しく擦《こす》られ、他人にこんな触り方をされるとゾワゾワするのだと学ぶ。

「智樹くん……」

小声でもう一度呼ぶけれど、自分でもびっくりした。声音に明らかに艶《つや》が含まれている。

「ん」

智樹くんが私を見る。青がかった薄暗い照明に、少し色素の薄い瞳がきらりと輝く。とろりとした情欲が、そこに確かにある。

食べられちゃう。

智樹くんは私の手を指先で弄《いじ》りながら微笑んだ。また視線を水槽に戻す彼から、私は必死で視線を剝《は》がす。ああ、だめ。

お腹の奥がトロトロと蜂蜜みたいに蕩《とろ》けているのがわかる。少し意味ありげに触れられただけなのに。

私はねっとりと熱を孕む下腹部から意識を逸らそうと、水槽を見上げる。紺色で透明な水の中を、半透明の傘をゆったりと揺らし優雅に揺蕩《たゆた》う海月――。

私は「智樹くん」と明確に熱を孕む声で彼を呼ぶ。その間にも、彼の指は私の関節ひとつひとつを丁寧に撫でていた。

「どうして私のこと好きなの」

智樹くんは私を見て、きゅっと唇を一文字にする。それから「海月ってさ」と穏やかな声で言う。

「死んだら溶けて消えるんだってさ。知ってたか？」

「え？　あ、ううん。知らなかった」

「……俺にとって芙由奈は」

智樹くんは水槽を見つめ、黙る。水面を揺蕩う月みたいに漂う海月――。

すう、と息を吸い、智樹くんはようやく言葉の続きを口にした。

「芙由奈は、この海月みたいなもんだった。ずっと」

「海月……？」

「見てるだけでいい。直接は触れられない。そんなことをしたら、死んでしまう。死んで、溶けて、水になって、触れられなくなる。そんな、綺麗で、可愛くて、ガラス一枚隔てたところにいるか弱い守るべき人だった。命の恩人の娘で、俺の魂を守ってくれた存在で」

「魂？」

「ああ、心？　どっちでもいいんだけど」

最近、いつもそれを言われる。

「え、待って。私、何かしたっけ？　むしろしてもらってばっかだったよね」

そう聞くと、智樹くんは鳩が豆鉄砲を食ったような顔をして、それから楽しげに目を細めた。彼にしては珍しい表情だ。

「忘れてるならいいよ」

「ええ？」

いいんだ、と智樹くんは指の動きを止め私の手を強く握る。

「人間って割と、やってあげたことは覚えてるのに、やってもらったことは忘れがちだろ？でも芙由奈はその逆だ」

「……？　つまり？」

「極度のお人好《よ》し。……ほんっと、赤浦さんそっくりだ」

またお父さん。

もうあまり顔も思い出せないお父さん。声も忘れた。でもまだみんなは忘れてないし、お父さんを中心に世界が回ってる。

「でも」

智樹くんの声に、ハッと彼に意識を戻す。

「そんな芙由奈がいつの間にか、大人になってた。いつまでも子どものままで、綺麗なままでいてほしかった。けど、それは無理だった——なら逆にもう、俺だってお前に触れることができるんだって、もう俺のものにしてもいいんだって、そう気がついた」

そう言って智樹くんは私の頭にキスを落とす。

「芙由奈が大事だ。なにより大切だ。命をかけて守りたい。同じくらい、ぐちゃぐちゃにして蕩かして壊して俺のものにしたい」

「と、智樹く——……」

一歩引きかけた足を、肩ごと引き寄せて止められる。

「なあ芙由奈。今日、部屋取ってるって言ったらついてくるか？」

私は目を瞬き、彼の目を見る。部屋？

「ホテル」

ひゅっと息を吸う。それって、つまり。

「芙由奈を俺のものにしたい」

だめか、と耳元で囁かれる。そうしてべろりと耳を舐《な》められた。ひゃっと悲鳴を上げそうになり、我慢する。耳殻をかりっと甘く噛《か》まれながら、頭の中まで蜂蜜みたいに蕩けていくのを自覚する。

食べられてしまう。——ううん。

私はこの人に、食べてもらいたくて仕方ない。

自分でも自分がよくわからない。

智樹くんは、お兄ちゃんだったはずなのに。


智樹くんが予約してくれていたのは、ラブホとかじゃなくてラグジュアリーめなリゾートホテルだった。

……てっきり、え、エッチなことをすぐにされると思っていたのに。

「わ、綺麗……」

私は思わずシャンパングラスをかざした。細かな金の粒のような炭酸が煌《きら》めくシャンパンの向こうに、空を金色に染める夕陽が見える。

その太陽が沈もうとしているのは広大な太平洋。波を琥珀《こはく》色に輝かせながら、水平線の向こうに沈み込まんとしている――。

私は視線をテーブルの反対側に向けた。皺ひとつない、真っ白なテーブルクロスの上にはちょうどアミューズの帆立の貴婦人風が運ばれてきたところだった。何がどうなって貴婦人なのかはわからないけれど、ホテルのテラス席での、少し早めの優雅なディナー。

「……あの、ところで智樹くん」

「ん？」

ものすごく器用に綺麗にカトラリーを使いこなし、おいしそうに帆立を食べていた智樹くんが私を見据える。

真正面からまっすぐに見据えてくる視線に気恥ずかしくなりつつ、首を傾げた。

「これは一体」

「メシ食ってる」

「それはわかるんだけど、ええと、その」

「言っただろ。惚れてもらうためになんでもするって」

私はなんだか妙に頬が熱くて、冷ますためにシャンパンを口にする。智樹くんは仏頂面で生真面目に食事を続けている。

「ここ、前から予約してたの？」

「いや？」

智樹くんは飄々《ひょうひょう》と続ける。

「今日。絹子さんが帰らないって聞いて」

「あ、ああ、そうなの」

私は目線を彷徨《さまよ》わせた。それで宿泊する部屋、やけにラグジュアリーなのかな。お手頃な価格のところは予約が埋まっていたんだろう。

「私なんかに、そんなに労力かけなくても」

帆立を口に入れながら言ってみる。濃厚な卵クリームと、ウニのムースがお皿に上品に盛り付けられていた。

「かけるに決まってるだろ？　惚れてんだから」

ストレートに言われて目線を泳がせる。ああ、もう、落ち着かない……。

ドキドキしながら食事を続ける。きっとすごくおいしいだろうに、緊張しすぎて味なんかほとんどしなかった。すっかりあたりが暗くなった頃に食べ終わり、部屋に戻ると、智樹くんはものすごく普通の、つまりいつもと変わらないやや仏頂面といってもいい表情で「風呂行くか」と口にする。

「え！　あ、ああ、その、えっと」

私は挙動不審にベッドの上にあった大きな枕を抱き上げて顔を埋《うず》める。無言になった智樹くんをそっと窺《うかが》えば、彼は楽しげに肩を揺らしていた。

「なんで笑うの」

「いや、緊張してるの可愛くて」

ムッと唇を尖らせた。

「当たり前でしょう。こんな状況、初めてだし」

私は再び枕に顔を沈めた。

「普通にしてる余裕ないよ……」

智樹くんは「余裕なあ」と呟きつつ、私の頭を軽く叩く。顔を上げると、いつもどおりの表情で、淡々と口を開いた。

「初めてだろうな。お前に近づく男全員排除してきたんだから、俺が」

「ええ……？」

さすがに目を丸くする。

「ほ、本当に……？」

「本当に。高校も大学も今の職場も、全部俺が迎えに行ったことあったろ？　あれ手ぇ出すなって牽制《けんせい》しに行ってたんだよ」

「え、えええ？」

「そうじゃなきゃ、お前みたいな可愛いの、すぐに手を出されてる」

「か、可愛くなんか」

「可愛いよ」

そう言ってから、彼はほんの少し考えるように眉を上げた。それから「は」と小さく頬を緩める。

「緊張してるのも、余裕ないのも、俺のほうだな」

首を傾げる私にそのまま近づいてきて、枕を奪う。そうして私をそのままベッドに押し倒した。

「と、智樹くんっ、お、お風呂って」

「あとで入れてやる」

頬をめちゃくちゃに熱くして混乱しながらその言葉に違和感を抱く。……あとで入ろうとかじゃなくて、入れてやるって、まるで智樹くんと一緒にお風呂に入るみたいじゃ……。

智樹くんは私にのしかかり、額を重ねて瞳を閉じる。そのままぎゅうっと抱きしめられて、微かに息を呑む。

「俺も余裕なんかない、芙由奈」

きゅうっ、と突き上げるような、ときめきと切なさに似た感情が生まれる。広く逞しい背中におそるおそる手を回し、抱きしめ返す。

ぴくっと智樹くんの背中が揺れる。彼の腕に力がさらにこもる。

「好きだ、芙由奈」

私はなんて答えたらいいのかわからない。

だってなんか、まだ現実感がない。よくわからない。智樹くんが私を好きな理由も、急に女として求め始められた理由も、いまいち判然としてない。

混乱してる。困惑し続けている。

はっきりしているのは、智樹くんが……信じられないけれど、私を求めてるってこと。

そして私も彼を……求めているってこと。

「智樹くん」

彼を呼ぶ声は、やたらと細くて頼りなかった。その唇に、彼の唇が重ねられる。柔らかくて、あったかくて、少しかさついている。触れるだけのそれが、何度も繰り返された。

「ずっとこうしたかった」

唇を重ねたままそう言われて、私は不思議なくらい泣きたい気持ちになる。気がつかなくてごめんねって思う。

もっと早くに、あなたに私をあげられたらよかったのにね。

「早く言ってくれたら……」

「……嫌われたくなかった」

吐き出すように言われて、首を傾げた。

「私が智樹くんを嫌いになるなんて、ありえないでしょ?」

智樹くんはハッと息を呑み、それからぎゅっと眉を寄せる。苦しいみたいな顔をされて、どうすればいいのかわからない。

「愛してる」

智樹くんはそう言って、まるでむしゃぶりつくみたいにキスを深くした。唇を舌で割開かれて、彼の服を握りしめる。

口の中を、智樹くんが好き勝手に動いていく。うまく息ができない。舌を縮こませ、口の中を彼にただ蹂躙《じゅうりん》されていく。

口蓋《こうがい》をつつかれ、舌を絡められ、頬の粘膜を丹念に舐め上げられる。歯茎を彼の舌が這《は》い回り、溢れる唾液を丁寧に舐め取られた。

頭の芯がほわほわする。

智樹くんは時折荒く息を吐きながら、私の髪もぐちゃぐちゃにかき混ぜる。頭皮を彼の筋ばった指先が動いていく。耳も撫でられ、耳の孔《あな》を指でくすぐられる。

「ん、ぁ」

キスされながら漏《も》らした声は、ひどく上擦《うわず》って自分のものと思えないほど弱々しくあえかで、そして淫らだった。

羞恥《しゅうち》に眉を寄せ身体を捩《よじ》ると、逃がさないとばかりにさらに強く抱きしめられる。そのまままたキスを深くされる。舌をぐちゃぐちゃに絡められ、誘い出されて味わうみたいに何度も甘く噛まれた。

「ん、はぁ……っ」

目尻から涙が溢れている。脳が蕩けてなくなっちゃったみたい。もう何も考えられない……。

最後にべろりと口を舐めて、智樹くんはようやく口を離す。ぐい、と唇を手の甲で拭う仕《し》草《ぐさ》が、男の人なのにびっくりするくらい色気があってゾクゾクしてしまう。

彼は上半身を起こし、私に視線を落としたまま服を脱ぐ。逃がさないと言われているみたいだ。その視線に不思議なくらいに胸が鷲掴《わしづか》みにされて、慌てて視線を瞳から外し、下ろしていく。筋ばった首、くっきりとした喉仏。逞しい肩と、鍛え上げられた胸とお腹の筋肉──男の人の身体。こんなふうにちゃんと見るのは初めてで、戸惑って目線をうろつかせ、〝それ〟が目に入ってしまう。

それが智樹くんの濃灰色のボクサーパンツを力強く押し上げ、先端があるだろう部分は濡《ぬ》れて微かに色を変えていた。

「あ、その」

見てはいけないものを見てしまったと、慌てて顔を覆う。その手を大きな手のひらが掴み、視界が開かれる。

「芙由奈。顔隠すな」

「だ、だって智樹くん」

恥ずかしくてたまらなくて、何度も視線を左右に往復させる。固定できる場所がない。

智樹くんはさらりと私の髪を撫で、ゆっくりと私の服も脱がせてしまう。恥ずかしくてたまらないのに、どうしてだろう、衣擦《きぬず》れがやけに心地よく思えた。

そうして下着姿になった私を見下ろし、智樹くんは無言で眉を寄せる。

「え、な、何？　変……？」

胸の前を手で隠して首を傾げると、智樹くんは「いや」とまっすぐに私を見る。

「綺麗で」

え、と思ううちに智樹くんは私の肩にキスを落とした。ぴくっとキスされたところを揺らすと、そのまま噛みつかれた。かぷかぷと、甘く、優しく。

ゾワゾワと不思議な感覚が背骨を伝う。不思議なことに、きゅうっと反応しているのは下腹部だ。

え、何？　なんで肩を噛まれたくらいでお腹、むずむずするの。

自分の身体の淫らな反応が恥ずかしくてきゅっと目を閉じる。途端に目元を優しくくすぐられ、目を開く。ぱちりと合った瞳が、やわらかかく細められる。

「ほんと、食べたいくらい可愛い」

その言葉をどこか呆然と聞いていた。「食べたいくらい可愛い」だなんて！

智樹くんは今度は首筋を舐める。同じように噛まれ、今度は強く吸い付かれもした。チリっとした微かな痛みに息を吐いた瞬間、べろりと大きく舐め上げられた。

「ひゃうっ……」

普段の自分からは絶対でない声が溢れ、恥ずかしくて肩を縮めた。反射的に太ももを擦り合わせ、内心目を瞠る。

なんで私、お腹の中が熱くなってるんだろう。濡れて、トロトロに潤んでいるのがわかる。身体が素直に、智樹くんに触れられているのが嬉しいって反応している。

それがきゅうっと心臓を締め付けるほど恥ずかしくて、目が潤む。

「芙由奈」

智樹くんは私を呼び、涙を指の腹で拭ってくれる。男性らしい、硬い、少しかさついた指先。それにやけに安心して大きな手のひらに頬を寄せる。

視線の先で、智樹くんが息を呑んだ。くっきりとした喉仏が、ゆっくりと上下する。

智樹くんの瞳に、情欲がはっきりと浮かぶ。智樹くんは私の前髪をかき上げ、汗が滲《にじ》み始めた額にキスを落とす。

「なあ、もし痛かったり嫌だったりしたら言ってくれ。いや、蹴り上げて殴れ。頼む」

「なんで……？」

少しとろんとしたまま聞き返すと、智樹くんは苦しそうに言った。

「芙由奈が愛おしすぎて、俺もう、だめだ」

そう言うやいなや、智樹くんは私の胸に触れる。

「ひゃ、っ」

つい変な声が出た。智樹くんはギラギラした目で私を見下ろしながら、ぐにぐにと乳房をブラジャー越しに捏《こ》ね回す。

ブラジャーの布の下で、先端が芯を持ち始める。布が擦られる感覚が、くすぐったいだけじゃなくて、明確な官能を持っている。さっきの何倍も身体の中が熱い。ぐちゅぐちゅと蕩けた熱が足の付け根から溢れ出しそう。

何これ、何これ……っ！

「気持ちよさそう」

智樹くんは私の顔を覗き込んで、微かに頬を緩めた。え、あ、私、どんな顔を……？

困惑する私を満足げに見たあと、智樹くんは私のブラジャーのホックを外す。呼吸が楽になった気がして、ふっと息を吐いた。するりと外されると、ブラジャーにしまわれていた乳房が外側に少し垂れた。

出てきた乳房の上で、先端がピンと芯を持ち硬くなっているのが見た目にもわかる。

智樹くんが無言で凝視していて、私は羞恥で顔を覆った。

「見ないでよう……」

「見るだろ。好きな女の胸だぞ？　ずっと見たかったんだから」

「う、あ、明け透けすぎる……」

好きとか胸とか見たかったとか言われて、耳まで熱くなって文句を言う。智樹くんは男性らしく低く笑ったあと、指先で先端を優しく弾いた。

「ぁんっ！」

「は、かわい……」

意図せず漏れた声と、嬉しそうな智樹くん。智樹くんはそのまま先端を弄り始める。つまんだり、弾いたり、捏ねくり回したり。

「あ、ああっ、あ、や、っ、何これ、っ」

そのたびにピリピリした快楽が背骨を走る。脚の付け根が濡れていくのがわかる。ぐちゅぐちゅに蕩けた欲望が、お腹の奥で存在感を増していく。

「智樹く、だめ、おかしく、なりそ……」

「んー……そっか、困ったな」

口ではそう言うのに、太い指は乳首を優しく押し潰《つぶ》す。かと思えばすぐ擦り合わされるみたいに触られ、そのたびに生まれるむずむず切ない感覚をなんとか慰《なぐさ》めようと必死で脚をばたつかせ、太ももを擦り合わせた。肉芽が痛いほどきゅんきゅんと切なくて、なんとかしたくて。

腰がくねる。まるでこっちも触ってとねだっているみたいで、嫌だ。なんでこんなふうになっちゃうの、私の身体！

「かわい……」

智樹くんは掠れた甘い声で呟く。

可愛いはずがない、こんな淫らに、欲をねだって触ってほしくて身体をくねらせるふしだらな女が可愛いはずがない。

なのに智樹くんの普段とても精悍《せいかん》な視線が、あまりにも甘く夢中なものになっているのが不思議だ。私の何が、そんなにいいの？

智樹くんがちろりと乳房の先端に舌を伸ばす。指とは違う、濡れた生ぬるい弾性のある器官──喉から悲鳴みたいに声が出た。慌てて手で塞《ふさ》ぎ、半泣きで彼を見る。

智樹くんは乳房を左右からぎゅっと寄せ、両方の先端を舌でべろべろと舐める。

ふーっ、ふぅっ、と押さえた口から荒く息が漏れる。

「声出したほうが楽なんじゃないか？」

智樹くんは両方の乳首を同時に口に入れてそんなことを言う。私はそれどころじゃない。手を口から離し、シーツを握りしめ嬌声《きょうせい》を上げ、ただ身体をくねらせた。がっちりと智樹くんにのしかかられているから、無様《ぶざま》にもがくくらいのものだったけれど。

「あ、ああっ、だめっ、とも、きく、んっ」

「声、すげえ気持ちよさそう。これ好き？　もっとしたい？」

智樹くんは信じられないほど甘やかな声でそう言って、先端をちゅうっと吸い上げた。

「あ、ああっ、あっ」

「可愛い、芙由奈、好き、大好きだ」

智樹くんはそう繰り返しながら、舌で乳首を際限なくいたぶる。

「はぁっ、ああっ、も、ううぅ」

かりっ、と先端を甘く噛まれる。

目の前が真っ白になったかと思った。腰が跳ね、智樹くんに身体で抑え込まれる。

智樹くんはゆっくりと舐《ねぶ》り回したあと、ようやく乳房から口を離した。唾液がトロトロと光っていて、ここでようやく私は「電気」と呟いた。

「電気消してよう」

「は？　だめ」

バッサリと言われ、私は恨みがましく彼を見つめる。

「恥ずかしいよ」

「俺はお前を恥ずかしがらせたいんだ」

「えええええ、なにそれ、やだよ！」

私は身を捩り、布団に手を伸ばした。身体を隠したかったのだ。すぐさま智樹くんに手首を摑まれてしまったけれど。

「綺麗だから見てたい。恥ずかしがるのも可愛くてたまらない。というより、いろんな芙由奈が知りたい」

そう言って彼は私の顔中にキスを落とす。

「俺しか知らない芙由奈が見たい」

「な、何言ってるの……」

頬が熱い。こ、こんなにストレートに愛情示されるなんて思ってなかった……。だって、いつも何考えてるかわかんない智樹くんだったのに、今は……今だけは、感情も、何がしたいかも、まっすぐ伝わってくる。

「なあ、愛してる」

そう言って彼は私の太ももを撫でた。びくっと跳ねたそれをねっとりと指先で撫でまわし、膝裏を持ち上げ開かせた。恥ずかしくて膝頭を合わせたけれど、あっさりと大きく広げられ、間に身体を割り込まれてしまった。腕の力だけで全然敵《かな》わない……。智樹くんは私の膝に頬を寄せ目元を緩める。

ドキッとした。いつも大人な智樹くんの、その甘えてくる眼差し。つい力を抜く私の脚を摑み、彼は膝頭にキスをしたりかぷっと甘く嚙んだりして、さらに目元を緩くする。

ゾワゾワした不思議な快楽の中、思う。

智樹くん、なんか、可愛い、かも……。

そう思って彼をまじまじと見つめている私をよそに、智樹くんは太ももを撫でていた手をゆっくりと下げる。ハッとして私の膝にあった彼の大きな手を上から掴み、訴える。

「あ、の、待っ……」

「いやだ」

彼が足の付け根にそっと触れると、くちゅっととろみのある水音がした。

顔が発火しそう。ショーツのクロッチが濡れそぼって付け根に張り付いている。彼が触れ

「は、あっ、やだもう……」

ると、きゅっと中が窄《すぼ》まるのがわかった。

身体が淫らに、本能に従って発情している……。

智樹くんは嬉しげに私の膝にキスを落とし、さらに目尻を下げた。かっこよくて端正なのは変わらないけれど、いつもの精悍さはどこへやらだ。すっかりゆるゆるのトロトロの笑顔になってしまっている。こんな智樹くん、見たことない……。

「濡れてくれてて、すげえ嬉しい」

智樹くんはそのまま脚のいろんなところにキスをする。鼠蹊部《そけいぶ》にまで唇で触れられ、私は慌てて声を上げた。

「あっ、と、智樹くん」

「ん？」

顔を上げた智樹くんが不思議そうに私を見る。なんだか抵抗する私が間違ってるみたいな……そうかのかな？　なにしろ初めてだから、何もわからない。

智樹くんは――どうなんだろう。

そう思うとズキンと胸が痛んだ。

「芙由奈、どうした？」

「えっと……その、あの、ね」

「もしここにキスされたくないとかなら、俺は無視するけど」

私は口をぱくぱくさせた。智樹くんは飄々と私の太ももにちゅっと口を寄せ、布越しに肉芽にキスをしてくる。

布越しに唇で押し潰され、つい声が上がる。ずっと触れられたくてむずむずしていた箇所にようやく刺激が与えられ、反射的にねだって腰が上がる。

「や、だ」

ハッとして腰を引く私の太ももを摑み、彼は布越しに付け根を貪《むさぼ》り始めた。ぐちゅぐちゅと舐められ、布越しに吸われて優しく嚙まれて、必死で脚をばたつかせる。

「も、だめだってぇっ」

声が完全に裏返って恥ずかしい。なのに智樹くんは止めてくれない。それどころか、クロッチをずらし、直接舐めしゃぶってくる。

トロトロになった入り口を、智樹くんの大きくて少し分厚い舌が這う。肉芽を舌先で潰されて、半分悲鳴になった高い声が溢れる。

「芙由奈、かわい……」

智樹くんが肉芽をちゅっと吸い上げながら呟く。私はシーツをこれでもかと掴み、勝手に上がる腰に頬を熱くした。

可愛いだなんて、そんなはずがない。悲鳴しか上げてないのに。

智樹くんの生ぬるい口の中、舌先で肉芽が飴《あめ》みたいに転がされる。

「あ、ああっ、ああ、智樹く、だめ、だめえっ」

思考は完全に放棄していた。とにかくダメだと必死で訴える。

「そ、ぁんっ、そんなふうに、っ、舐めちゃダメ、ぜった、だめ！」

剝《む》き出しの神経をべろべろと舐めしゃぶられたような気分、頭の芯からトロトロで口がうまく回らない。

「そうなのか、知らなかった」

適当な返事が脚の間から返ってくる。私は「うぅ」と羞恥で声を漏らしながら智樹くんの短い髪を弱々しく掴む。

「聞いて……」

「聞いてるよ」

嘘、と言うのと彼がいっそう強く肉芽を吸い上げるのは同時だった。強すぎる快楽で、耳の奥がキンとする。

多分、ひどく聞くに堪えないみっともない悲鳴が出ていたと思う。けれど私は頭が真っ白で、もう何も考えられなくて、ただ下腹部が痙攣《けいれん》しているのをなんとなく知覚しただけだった。

「イった?」

智樹くんに聞かれて、何も答えられない。さっきのが『イく』ってこと? あんな、暴力的な快楽が、あられもなく乱れてしまうようなあれが、イくってことなの?

自分の呼吸音が鼓膜を揺らす。全力で走ったときより荒いかもしれない。きっと今、誰にも見せられない顔をしている。

なのに智樹くんはそんな私の顔をまじまじと見下ろし、口元を手の甲で拭いながら本当に幸せそうに笑った。

「大好きだ、芙由奈」

そう言って彼は付け根に指を這わせ、ゆっくりとナカに一本挿《さ》し入れる。にちゅっ、と信じられないほど淫らな水音がした。

自分の身体の中に、智樹くんの指があるということに、いまいち現実味が湧かない。太い指に対する違和感でみじろぎすると、指が動いてまた水音がした。

「……狭いな。力抜けるか？」

智樹くんに言われるけれど、力の抜き方なんかわからない。ふるふると首を振ると、「そうか」と智樹くんは優しく唇にキスを落とす。

「わかった。痛くはない？」

優しくそう言われ、頷く。智樹くんは少しホッとした様子で何度もキスを重ねてくる。そうされていくうちに、なんだかとても不思議な、ふわふわとした感情でいっぱいになる。安心感と切なさと、そして愛おしさ。

自覚した途端、ふっと肩の力が抜けた。狙いすましたかのように、ぐっと彼の指が奥に進み、ゆっくり抽送しながら、ナカの肉襞を何かを探すように擦る。

「あ、っ」

身体の中を、触られている。ものすごく無防備に、身体の一番柔らかくて繊細なところを弄られている。なのに全然、嫌じゃない。

それどころか。

「う、あっ、あんっ」

浅い、肉芽の裏側あたりを指でねっとりと探られて、腰まで甘く染め上げる官能に私は声を上げた。勝手に出る声に動揺を隠しきれず、シーツの上で手を彷徨わせる。

「ここ?」

智樹くんがそう言いながら、同じところをぐちゅっと少し強く押し上げる。

「い、ゃあ……っ」

ぎゅっと自分の粘膜が彼の指を締め付けるのがわかった。高みに、無理やり連れて行かれるような鋭《するど》い悦楽。反射的に目をきつく瞑《つむ》り、初めての感覚に耐える。

頭の芯が痺《しび》れて、ナカがヒクヒク痙攣して、うまく身体が動かせない。呼吸に声が混じって、自分でもどうしようもないほどに、ひどく淫らだと思う。きっと、さっきまで以上にひどい顔をしている。

なんとか快楽の波をしのぎきり、おそるおそる目を開けた先で、智樹くんが甘い顔をして口角を上げる。

「気持ちいいな、芙由奈」

智樹くんは、私が気持ちいいのが本当に嬉しくてたまらないという顔をしていた。無邪気で、まるで子どもみたいな微笑みに思わず目を瞠る。

とろんとした思考で、不思議に思う。だって、智樹くんは気持ちよくないんじゃないかな……。なのに、何がそんなに嬉しいんだろう。

智樹くんは私の様子を見ながら、指の動きを再開させた。その中指の付け根までが私の奥まで入っているのが、手のひらが濡れそぼった下生えを撫でているのでわかった。

智樹くんは私の頭に頬を寄せ、何度も「好きだよ」と繰り返しながらゆっくりと指を抜いた。ホッと息を吐き彼を見上げると、智樹くんは長く太い指をべろりと舐めて「芙由奈の可愛い味がする」と呟く。

私は目を見開いた。

「な、な、なんっ」

「増やすからな？」

智樹くんはそう言って、今度は二本を入り口にあてがう。

「痛くないか？」

「っ、あ、うん……」

私はナカをすっかり蕩けさせられながら、きっととても丁寧に扱われているのだろうなと思う。智樹くんが私のナカで指をバラバラに動かして、気持ちのいいところをねっとり何度も擦り上げて、そのたびに私はさっきみたいな高みに連れて行かれる。

私の呼吸が整うのを待って、また指を動かして——三本目に慣れた頃、私はもう身動きが取れなくなっていた。イきすぎて疲れたのか、とろりとした眠気すらある。

「芙由奈。頼むから寝るな」

智樹くんの声になんとか重い瞼《まぶた》を上げると、智樹くんは困った口調とは裏腹に、とても甘い顔をしていた。

「好きだよ。いっぱいイってくれてありがとうな」

私は甘々な彼がもうよくわからない。この人、智樹くんだよね？　小さい頃から一緒に過ごしてきた、兄みたいな男の人……のはず、だよね。

「どうした？」

「え、あ……本当に智樹くんなのかなって」

何が、と智樹くんは片方の眉を上げる。

「だって、そんな、その……す、好きとか急にたくさん言ってくるから」

「ああ……なんというか、言えるようになったのが嬉しくて」

智樹くんは眉を下げて私の頭をぎゅっと抱きしめた。つむじや額やこめかみに何度もキスを落とされる。

「可愛い。好きだ、愛してる」

「と、智樹くん……」

戸惑い彼を呼ぶと、智樹くんは苦笑して額を重ね合わせた。近すぎてピントが合わない、そんな距離で智樹くんは穏やかに言う。

「すぐに同じ感情を返してくれとは言わない。ただ、俺のそばから離れないで。好きにさせてみせるから」

切実な声に息を呑むと、唇にキスをされた。と同時に、下腹部に何か硬くて熱いものが触れた。生々しく、少し体温で湿っていて、雄々《おお》しさを感じる、それ。いつの間にか彼も下着を脱いでいたらしい。

あ、と思う間もなく、それをぎゅうぎゅう私に押し付けながら、智樹くんは呟く。

「あー……このまま突っ込んで孕ませたい……」

私はギョッと彼を見る。智樹くんは苦笑して「しないよ」と私の頬にキスをする。

「でもいつか、させてな。芙由奈が、俺の子産んでもいいって思えたら」

智樹くんと、私の赤ちゃん？

「智樹くん……私と結婚したいの？」

「は？　当たり前だろ」

さらりと言われ、胸の奥がキューッと切なく弾む。だって、そんなに好きだって思ってなかった。私のこと、そんなに好きだなんて。

「いつから好きでいてくれたの？」

「ずっと命より大切だった。大好きで、愛おしくてたまらなかった。でも、そうだな、はっきりと欲を向けたのは少し前」

欲、というストレートな言葉に戸惑ううちに、智樹くんは上半身を起こし、脱ぎ捨てた服のポケットから何かを取り出す。四角いそれは、さすがに何かわかる。コンドームだ。

「そんなに凝視しなくても、ちゃんとつける」

智樹くんは微かに笑い、ちょっとぶっきらぼうに言う。そうしてパッケージを破り屹立《きつりつ》したそれにくるくると被せる。

私は息を呑んで目を逸らした。初めて見る男の人の昂《たか》ぶりは、思った以上に大きくて長くて生々しかった。赤黒く反り立って、血管を浮き立たせ、太く膨張して硬そうで。先端は大きく張り出して、何か露のようなものが滲み出ていた。

入らないんじゃないかなあ。

そう思うけれど、智樹くんがものすごく我慢してくれていたのは伝わってきていた。

私は覚悟を決める。

痛くても我慢する！

エッチするって決めたんだもの、こんなに丁寧に準備してくれたんだもの。

智樹くんにも気持ちよくなってほしいよ。

「……どうした？　眉、やけにキリッとしてるけど」

智樹くんが不思議そうに私の眉を撫でる。私は「へへ」と笑い、手を伸ばす。

「智樹くん、大好き」

するっと言葉が出た。

智樹くんは目を見開いている。私は首を傾げて、自分がなんと言ったかを考え、「間違ってない」って思う。

私、智樹くんが好きだ。

「芙由奈、今なんて……」

「好きって言ったの」

智樹くんは私の顔の横に手をついてじっと見下ろしてくる。それから目を逸らし、大きな手で口元を覆って「信じられない」と呟く。思わず噴《ふ》き出した。

「信じてよ。さっきまで『好きにさせてみせる』とか言ってたじゃない」

「や、けど、まだ何もしてない」

「してくれたでしょ。ううん、小さい頃からずっと大切にしてくれてた。智樹くんに大事にされるの、すごく嬉しく思ってた」

この感情は、きっとその積み重ねの発露だ。

ひと息置いてから、続ける。

「もしかしたら。もしかしたらね、智樹くんが私に向けてくれている感情とは違うのかもしれない。でもちゃんと、好き」

うまく言えなくてもどかしい。

でも智樹くんはそれでいいみたいだった。私を押し潰すみたいに抱きしめ「嬉しい」と何度も繰り返す。微かに声が震えている。

こんなに狂おしい彼の声、初めて聞いた……。

「芙由奈、好きだ、愛してる」

頭と顔に繰り返されるキス。何回も告げられる「愛してる」って言葉が、くすぐったくて、切なくて、嬉しい。

彼を受け入れたいと、身体の奥が騒ぐ。彼に触れられ高められた情欲のせいだけじゃなく、心が彼を求めていた。

「智樹くん」

「ん?」

忙《せわ》しくなく私にキスを落としていた彼が、頬を緩めて顔を上げる。

「その、えっと」

うまく言葉にできず、両手を彼に向けて広げた。智樹くんは目を見開き、そうして私を抱きしめて「いいのか」と言う。

「うん」

そっと彼に頬を寄せる。愛してるという言葉が、じわっと心の奥底から湧き出してくる。

智樹くんは身体を起こし、私の膝裏に手を入れて、脚を開かせた。

そして、さんざんにほぐされ潤みきった割れ目に、先端をあてがう。

ぐちゅっとあられもない音がして、私の身体の中に異物が入り込んできた。まだ少ししか入っていないだろうに、圧迫感に息が詰まる。身体の中に確かにある、智樹くんのもの。

その熱を奥に誘いたいと、淫らに本能が肉襞を蠢《うごめ》かせる。それに合わせるように、智樹くんがずっ……と屹立を奥に進めた。

「あ、ぁっ」

内側から拡《ひろ》げられていく、初めての感覚に眉を下げる。

何これ、何これ……っ。

ドッと全身から汗が出る。智樹くんは私の額を優しく撫でて、顔を覗き込んでくる。彼の手は少しひんやりとしていた。

「痛くないか？」

智樹くんに言われこくこくと頷くと、彼は私の太ももに手を置き、「はー」と息を吐いた。

「あの、全部入った……？」

「まだ」

思わず目を見開いた。

「ど、どれくらい？」

「半分」

「半分……」

下腹部が膨らんでいるかと思うほどの内側からの圧迫。まだこれで、半分。

智樹くんは少し思案顔をして、きゅっと肉芽をつまむ。

「やぁっ」

神経を突然撫でられたかのような快楽に腰が跳ねた。ナカの粘膜が彼の肉張った先端をきゅうっと締め付けると、「ふっ」と智樹くんが至近距離で息を吐き、眉を強く寄せた。

「吸い込まれる、……っ、あー……芙由奈、力抜け」

そう言いながらも、肉芽を弄る指は止まってくれない。

「む、りぃっ」

私は脚をばたつかせて懇願する。

「や、それ触ると、はぁっ、またイっちゃうよう……っ」

「そっか、いいよ。いちいち可愛いな」

智樹くんはそう言って、指の動きはそのままに、本当に軽く腰を揺らめかす。ちゅぽ、ちゅぽ、と先端だけを浅く抽送していた。

「あ、ああんっ」

肉芽を指の腹で少し強く潰されて、絶頂に腰が上がる。頭の中が電流でいっぱいみたいになって、何も考えられず腰が動く。その動きで、彼のものがほんの少し、奥に進んだ。

「っあ、んっ」

鈍い痛みに目を見開く。はー、と大きく呼吸を繰り返した。身体の中を、みっちりと満たす硬くて太い熱……でもまだ、全部じゃないみたいだった。なのにすでに痛い。

雄々しい屹立に、なす術《すべ》もなく内側から拓《ひら》かれていく身体。

「こら、腰上げたら痛いだろ？」

智樹くんは窘《たしな》めるように言って私の腰を掴み、少し腰を引く。ホッと息を吐くと、智樹くんは私の頬を撫でた。そうして今度は、さっきより深く、ゆっくりと腰を進める。

「んっ」

「悪い、痛い？」

智樹くんは私を気遣いながら、本当にゆっくりゆっくり、身体の中を拓いていく。余裕があるわけじゃないのは、伝わってきている。苦しそうに寄せられた眉と、時折一瞬だけ速くなる腰の動き。

それでも私が大切で、優しくしたいって、それだけで、こんな間怠《まだる》っこしいだろうことをしてくれていた。きっと思うがままに腰を振りたいだろうに——それくらいはわかる。

智樹くんは浅い抽送をしたり、ゆっくり奥に進んだり、時には屹立を抜いて指でまたナカを擦り上げたりしながら、たっぷりと時間をかけて彼のものを全て私のナカに捩《ね》じ込んだ。

接合部が触れ合う。濡れそぼったお互いの下生えが擦れる。

痛みはほとんどなかった。それほど丁寧に、彼は私を抱いていた。

「全部入った」

智樹くんはそう言って、愛おしげな目で私の下腹部を撫でる。私はシーツを掴み、呼吸を何度も繰り返していた。

身体の中に、熱い塊がある。

太くて、大きくて、長くて、硬い……。内側からの圧迫感に、うまく息ができない。

智樹くんはゆっくりと腰を引き、そしてまた最奥まで戻ってくる。ずるずると肉襞を引っかき、もどかしいほど緩慢に——私のことを気遣っているようにも、自分の形を教え込ませているようにも感じた。

「う、あ、智樹く……好きに、動いて、いいよ……っ」

我慢させている気がして、ともすれば快楽と羞恥で叫《さけ》びそうになるのを我慢しながら口にする。智樹くんは私を見下ろし、ふっと口元を緩めた。

「嫌だ」

「え、な、なんで」

「嫌に決まってるだろ。俺とのセックス、好きになってもらわないといけないのに」

智樹くんは私の腰を掴み直し、浅いところだけをぐちゅぐちゅと抽送する。さっき指で感じた、気持ちいいところを優しく先端で抉《えぐ》られ、あられもなく喘《あえ》いでしまう。

「あ、やだそこ、きもちぃ、のっ」

「そっか、可愛い。好きだよ」

智樹くんは心底嬉しそうに同じ動きを繰り返す。お腹の奥に、重く濃厚な、粘ついたもどかしい快楽が溜まっていく。腰を揺らめかせようとして、智樹くんにがっつり掴まれていてできない。切なすぎて痛いほどだ。

――もっと激しく、慰《なぐさ》めてほしい。

めちゃくちゃにされたい。

初めてなのに、そんなこと考えるなんて……私がそんなふしだらな人間だったなんて！

「ぁ、あっ、ぅっ」

腰が上がる。私は眉を寄せ淫らな欲求に耐える。我慢、我慢しなくちゃ、智樹くんは私のために――でも。

どうやってこのたっぷりと溜まった熱を発散すればいいのかわからない。

ぐちゅ、ぐちゅ、と浅いところを擦られ、肉襞が痙攣した。軽い絶頂が、かえってお腹のもったりとしたクリームみたいな熱を煽《あお》ってくる。

ああ、耐えられない。

「とも、きく……っ」

「どうした？」

智樹くんが私を覗き込む。綺麗な形の額からポタリと汗が落ちてくる。私は彼に向かって両手を伸ばし、子どもみたいにねだった。

「お願い、お願い智樹くんっ、苦しいの」

「痛い？　やめるか？」

智樹くんはハッとした様子で腰を引く。私は必死で彼の腰に脚を絡め、「違うの」としゃくり上げた。

「芙由奈？」

「と、智樹くん……苦しいの、お腹、切なくて……もっと、いっぱい、奥まで……いじめて……ください……」

なんと言えばいいのかわからず、思いついた言葉を口にする。変なことを言ってしまったとおそるおそる彼を見上げると、智樹くんは……見たことのない顔をしていた。

「とも、き、くん……？」

引いちゃった、と言い訳を口にしようとした瞬間、彼は強く私を抱きしめた。というより、押し潰した。

「ぁ――……っ」

声にならない喘ぎが溢れる。お腹の最奥を、さらに突き上げられ、ぐりぐりと抉られる。

「はぁっ、智樹く、んんっ」

唇がキスで塞がれ、口内を舌で蹂躙される。そのまま彼は腰を動かし出した――さっきまでと全く違う、激しい動きで。

「はぁっ、ぁあっ、んぁっ」

舌を絡ませられながら喘ぐ。ずるずると凶暴な熱が蕩けた粘膜を擦り、感じてしまう浅いところも、熱の溜まった最奥も、両方ゴツゴツ突き上げてくる。

逞しい腕と身体に閉じ込められ、みじろぎひとつできない。

「ふぁ、ぁあっ」

舌を甘噛みされ、声をみっともなく漏らしながら、頭の中が靄《かすみ》がかっていくのがわかる。気持ちいいとしか考えられない。激しすぎて子宮が揺れている感覚すらある。

子宮の入り口ごと突き上げられ、抉り上げられ、教え込まれる。智樹くんは男なんだって。

誰よりも優しく、過保護で、私のことを大切にしている彼が、私に暴力的に快楽を与えてきている。のしかかられ腕に閉じ込められ、一切抵抗すらできない状態で、私はそれを受け入れている――そしてそれが、どうしてか幸福で仕方ない……。

「はぁっ、芙由奈、愛してる芙由奈、芙由奈……っ」

智樹くんは唇を重ねたまま何度も私を呼び、腰を振りたくる。微かな入り口の痛みと、それを何倍も上回る悦楽。

「智樹く、好き、気持ちい、好き」

頭の中はぐちゃぐちゃで、お腹の熱は弾けんばかりにうるうると限界まで潤みきっている。

彼の硬い屹立が、肉襞を擦り、身体の中を充溢《じゅういつ》させ往復する。入り口がヒクヒクと窄みかけている。

ああ、もう、だめ。何か来ちゃう、すごく気持ちいい、おかしくなる何か。

「も、だめ、イく」

私はキスの合間、必死で訴える。

「きちゃう……っ」

「そっか」

智樹くんは優しく言って、なのにごちゅっ！　と最奥をいっそう強く抉り上げてきた。途端に目の前が真っ白になる。腰のあたりから背骨を伝い、脳に向かって電流みたいな絶頂が走る。

「ぁ、ああ」

私はどこか情けない声を上げながら、ついに熱が弾けたことを悟る。入り口がぎゅうっと窄まり、彼の根本を咥《くわ》え込んでいる。その屹立が拍動して、薄い皮膜越しに欲を吐き出していた。全部吐き出さんとばかりに、智樹くんは腰を揺らす。

「あ、っ」

その小さな動きすら、今の私には大きな快楽になってしまう。ビクビクとナカが痙攣している。

イったのに、あんなに深くイっちゃったのに！

なのに、いまだナカが激しく不規則に痙攣して、蠕動《ぜんどう》した肉襞が彼のに絡みついている。まるで、まだまだとねだっているかのように……。

でも、身体には力が入らない。

そんな私を抱え込み、智樹くんが荒く掠れた息を吐きながら、「ごめん」と呟いた。

「な、ぁに……？」

「全然萎《な》えなくて……ごめんな？　でも、いじめてって言ったの、芙由奈だもんな？」

彼はゆっくりと私から出ていく。

先端にたっぷりと白濁を溜《た》めたコンドームは、私の零した液体でぬるついている。でも智樹くんのは、変わらず、太く、硬そうだ。

「え……っと」

曖昧《あいまい》に笑う私を見下ろし、智樹くんはなんだか無邪気に笑った。ついキュンとしてしまう、そんな子どもみたいな笑顔だった。

【二章】智樹

覚えている。

恐ろしい黒い煙の中を――その向こうに見え隠れする鮮《あざ》やかな朱《しゅ》色が嘲笑《あざわら》うように天井を舐《な》めているのを。熱が頬に当たり、俺は頬を涙で濡《ぬ》らしながら必死で身体を丸めた。

息を吸うと余計に苦しくなる。わかっているのに酸素を求め、俺は必死で床に伏せて呼吸を試みる。

当時所属していた少年サッカーチームの合宿での出来事だ。古い合宿所はあっという間に火に飲まれた――あとで知ったことだけれど、管理人の寝タバコが原因だったそうだ。

俺は避難途中に天井の一部が崩れ落ち、ひとりになってしまった。

もうだめだ、と思った。

吐《は》き出される黒煙が濃度を増す。頭がくらくらしてきた。

ばあちゃん、ひとりにして、ごめん。

ばあちゃん、泣くかな。

申し訳なさに涙が増えた、その瞬間——誰かが俺を抱き上げた。

『要救助者、発見！』

ばちばち炎が爆《は》ぜる中でも、くっきりと聞こえる力強い声。

『助けに来たぞ。坊主、よく頑張ったなあ！』

逞《たくま》しい手が俺を支える。ゴーグル越しに俺を見るまっすぐな眼差《まなざ》しが笑みを作る。オレンジ色の防火衣《ぼうかい》、炎を反射する銀色のヘルメット。

『大丈夫、家に帰ろう！』

場違いな明るさのあるその言葉に、子どもだった俺がどれほどホッとしたか。

——それが、俺と赤浦《あかうら》さんとの出会いだった。


小六で祖母が病気になり、中一で亡くなり、俺は孤独になった。

引き取ってくれた赤浦さん夫妻は優しいし、転校した学校の人間関係もうまくいっていたし、妹みたいな芙由奈《ふゆな》も俺に懐いてついて回ってくれて。

兄妹みたいに、過ごした。

でも、寂しくてたまらなかった。

常に疎外感が付きまとう。

帰る場所を失った、その感覚。棘《とげ》みたいに刺さってどうしても抜けなかった。そこから心全部がひび割れていくような。

刺さったそれを抜いたのは、それどころかひび割れたそこに溢《あふ》れるくらいに愛情を注いでくれたのは、芙由奈だった。俺の唯一。

市内にある、人工島にある公園。芝生が敷き詰められ、桜が咲き乱れるそこは花見のスポットとして有名だった。

赤浦さん一家と俺は、その日そこに花見に訪れた。俺が中二になったばかりの春。

楽しげに過ごす芙由奈たちを見ているうちに、胸の中が寂寞《せきばく》とざわめいていくのを覚えた。強い疎外感だ。……思春期というのも、あったかもしれないけれど。

俺がいないほうがいいんじゃないかと、ふと思った。仲のいい家族に混じり込んだ異物。

苦しくなって、そっと離れた。携帯を持たされていたし、何かあれば連絡が来るだろうと。

少し離れたエリアにベンチを見つけ、ぼうっと噴水を眺《なが》める。

『これからどうしよう』

そう呟《つぶや》いて水彩のように水色に滲《にじ》む空を見上げた。ちぎれたような雲が浮かんでいる。走り回る子どもの歓声と、楽しげな花見客のざわめき。

将来どうしようだとか、そんなことじゃなかった。何も具体的に考えられなかった。俺なんかに将来なんてあるのかって、そう思った。

だってひとりなのに。

高校行って……進学するのか？　それとも就職？　わからない。何も。

目を閉じる。このまま消えたい。死にたいとかじゃなくて、消えてなくなりたい。

そう思った俺の身体に、柔らかくて温かな何かがぶつかった。

『うっ』

『いたー！　ともきくん！』

目を開けけば、芙由奈が俺に抱きつき『えへへ』と笑った。

『さがしたよー！』

『芙由奈』

『なにしてたの？　今からデザート食べるよ、お母さんのクッキー。ね、もどろうよ』

ニコニコ微笑《ほほえ》む彼女に手を取られ、渋々立ち上がる。そのとき、ふと芙由奈が表情を固めた。

『どうした？』

『ともきくん、けが』

『え？　ああ、大したことないよ』

木製のベンチが古くなり、ささくれができていた。それが指先に刺さって、ほんの少しだけ血が出ていた。

『でもこれ、とげ刺さってる。抜かなきゃ』

同情に満ちた声だった。嫌いな声だ。

祖母が死んで以来……いや、両親が事故でいなくなって以来、頻繁に向けられる感情。

でもだからって、そいつらは何をするわけでもない。かわいそうにと憐憫《れんびん》に浸って気持ちよくなっているだけだ。かわいそうな子どもに同情する優しい自分が好きなだけで——実際に手を伸ばしてくれたのは、赤浦さんだけだった。

『……帰ってからでいいよ』

俺は苛《いら》つきを隠して呟く。

棘は意識すると、かえってジクジクと痛んだ。小さな芙由奈に対して『余計なことを』とさらに苛ついた。そんな自分が嫌だった。

『ダメだよ。ともきくんがいたいの、ふゆ、いやだよ』

当時、芙由奈は自分のことを名前で呼んでいた。我が事のように眉を下げる芙由奈に、まだわずかな苛つきを残しつつ、俺は肩をすくめる。仕方ないか。

『でもどうするんだ？』

こんな小さな怪我《けが》、放っておけばいい。そう思いながら聞くと、芙由奈は小さな手で指さした。

『あっちの水道いこ。洗ったほうがいいよ』

ベンチの近くにある、桜の木の下にある水飲み場。下の蛇口を捻《ひね》り、芙由奈は俺の手を引く。面倒くさくなって、従った。

『手を出してね』

芙由奈は小さな手で俺の指を洗う。冷たい水に眉を寄せる。

春先で、まだ痛いほどに水は冷えていた。その水に怯《ひる》むことなく芙由奈は俺の指を洗う。そうして『ふゆのゆび、小さいからいけるよ』と慎重に慎重に棘を小さな指先でつまんで、ゆっくりと棘を抜く。少しだけ出た血は水道の水にすぐ流された。

『よかった！』

そう言って笑う芙由奈の靴も袖もびしょ濡《ぬ》れだった。花冷えする日で寒いのに、俺の棘に集中するあまり本人も気がついていなかったのだろう。

『芙由奈、靴……』

『あ！　怒られちゃう。……まあいっか』

芙由奈はくすくすと笑って、俺はようやく気がついた。

芙由奈が俺に向けていた感情は、同情なんかじゃなくて愛なんだって。きっと家族愛とか、それに近いもの。

俺が痛いと悲しくて、俺が笑うと嬉《うれ》しいんだ。肋骨の奥が、ほかほか温かい。

俺を愛してるから、自分が濡れて寒くなったって構わないんだ。両親や、祖母が俺に対してそうだったように。

俺は自分のパーカーを脱いで彼女に着せる。そして靴を脱がせて抱き上げ、濡れた靴を手に持った。

『わあ、いいよ！　ともきくん寒いでしょ、歩けるよ』

『寒くないよ』

俺は呟く。棘が抜けた指先は、満開の桜を透かす春の日差しで輝いているように見えた。

『ありがとな』

芙由奈は俺を見て、顔をくしゃくしゃにして笑った。とても嬉しそうに、幸せそうに笑った。俺は抱っこした芙由奈の頭にそっと頬を寄せる。泣きそうなほど幸福だった。

小さな小さなきっかけだった。でもこの日、彼女は俺の心臓になった。

このあと、芙由奈が迷子になってひと騒動あったのもいい思い出だ。

芙由奈は俺を一心に慕った。兄として、家族として惜しみなく愛をくれた。赤浦さんが亡くなったときは、兄として必ず守り切ると約束もした。

……それが物足りなくなったのは、いつだったか。じわじわと純粋な感情を蝕《むしば》んでいく欲が煩《わずら》わしかった。こんなもの、恩人の娘に、俺の心臓に向けるべきものじゃない。

なのに芙由奈はどんどん綺麗《きれい》に育っていく。彼女が大学に入学する頃には、はっきりと自分の欲求を自覚していた。必死で押さえつける。芙由奈は妹だ。まだ子どもだ。こんなあさましい欲を向けるべきじゃない。

なのに、あの日。

田浦《たうら》さんがなんのためだか、……芙由奈に必要以上に近づいていた。俺のところからだと、まるでキスでもしそうな雰囲気に見えて、その瞬間に嫉妬で箍《たが》が外れた。

芙由奈が他の男のものになるくらいなら——……そんな、長年の欲求が発酵してどろどろになった獣《けもの》じみた、愛と言えるのかもわからない淫《みだ》らな欲が溢《あふ》れて止まらなくなった。

だめだ。

絶対に芙由奈に知られるわけにはいかない。顔を見れば押し倒して犯してしまいそうで、怖かった。

距離を置いたのに、彼女のほうから飛び込んできた。もう離せないと悟った。

そうしてぶつけた欲も、芙由奈は受け止めてくれた。愛おしくて苦しくて、泣きそうになりながら彼女を抱いた。


「……というわけで、結婚の許可がいただきたいのですが」

「えええええっ、そうなの～？　早く言ってよ、もう～！」

芙由奈の家の玄関先で白猫のアイを抱いた絹子《きぬこ》さんがはしゃぐ。

「と、智樹《ともき》くん……！」

芙由奈が真っ赤になって俺と絹子さんを交互に見やる。

彼女を抱いてから、二週間。日曜日が週休になった俺は、いつもどおりに赤浦家に向かった。芙由奈と休みが合えば必ず彼女と過ごした。これは本当に昔から……単純にそばにいたいだけだ。たまたま絹子さんに会えたので、少し前から交際していること、結婚前提だとさらっと伝えた。

「きちんとした挨拶《あいさつ》はまた今度来ます」

「来ます、だなんて……ここは智樹くんの家でもあるのよ。あーっ、お父さんにも知らせなきゃ！　大変大変！」

絹子さんがパタパタと廊下を走っていくのを見ていると、芙由奈が俺の腕を叩《たた》き「もう」と眉を下げている。

「あんなこと言って」

「あんなって？」

「け、結婚……だなんて」

「お前な」

俺は芙由奈の頭をぐりぐりと撫《な》でた。

「や、やめてよう」

「俺がお前を中途半端な気持ちで抱いたとでも思ってんのか？」

た。

「だっ！」

芙由奈は慌てた様子で俺の口を塞《ふさ》ごうと背伸びして手を伸ばす。ひょいと避《さ》けながら続けた。

「あのなあ。今すぐにでも籍を入れたいくらいなんだ、こっちは」

「え、ええっ、それは急すぎる」

俺は肩をすくめる。

「そう言うと思って我慢してるんだ。でもいずれはしてもらう」

「いずれって……」

「……まあ秋にはプロポーズするよ。てことは入籍、年末くらいか？　式は来年になるか」

「は、早いって！」

「そこまでに覚悟決めとけってことだよ」

そう言うと芙由奈は「うう」と悔しいんだか恥ずかしいんだかわからない顔をする。

芙由奈は早くに赤浦さん――父親を亡くしたこともあってか、どちらかというと他人には大人びて見えるらしい。けれど俺の前では素というか、少し甘えて幼い姿を見せてくれる。

これはずっと俺だけの特権で、これからもそのはずだ。完璧に俺に心を許して、甘えてくれている証左。

俺はそんな彼女が可愛《かわい》くて、ついつい抱きしめてキスを落とす。

「と、智樹くん」

「こういうのにも早く慣れてくれよ」

俺が言うと、芙由奈は真っ赤になって半泣きになる。可愛すぎて怖い。可愛さは時に暴力だ。


ちなみにあれ以来、キス以上のことは何もしてない。芙由奈は実家だし、俺は寮暮らしだ。となるとラブホとかなんだろうけれど、なんとなく芙由奈はそういうの好きじゃない気がする。嫌がりもしないと思うけど、なんとなく。

……正直なところ、めちゃくちゃ欲求は溜まっていた。一度抱いて少し収まるかと思った欲は、かえって溢れんばかりになっていた。気持ちいいところに触れると零《こぼ》れるあえかな吐息。俺を呼ぶ悩ましい声。触れると柔らかだった唇、吸い付くような肌、抱きしめれば芙由奈の匂いが強くなる。

閉じた瞼《まぶた》の上で、俺に最奥を突かれ何度も達する芙由奈の顔が細部までくっきりと再現される。記憶してしまうほど見つめてしまっていたらしい。

「は、……っ」

寮にあるベッドの上、ティッシュにドロっとした白濁《はくだく》を吐《は》き出し、小さくため息をついた。芙由奈で抜くのは何度目だろうか、もう記憶にない。すぐに丸めてゴミ箱に捨て、手を洗いながら考える。

芙由奈を抱きたい。性的な意味だけでなく、抱きしめたい。愛おしすぎて仕事中以外は常に彼女について考えている……のは以前と変わらないが、とにかく付きまとう欲求が溜まりに溜まっていてまずい。このままだと、実家の部屋で押し倒しかねない。それはまずい。

俺はベッドに戻り、1Kの部屋を眺める。寮はよくある単身用マンションとほぼ同じ作りだ。ユニットバスに、キッチンに、八畳の部屋。なんとなくこの部屋に芙由奈がいるところを想像する。実際に立ち入らせることはできないのだけれど……結婚したら、ずっと一緒にいられるんだな。そうなったら、きっと俺は芙由奈にべったりなんだろうなと思う。


翌日。

出勤するとすぐに大交代がある。

うちの市では、消防官の一回の勤務は朝八時から翌朝八時までの二十四時間。交代した日は非番となり、その翌日は週休の三サイクルで回している。

そのため三隊が基本的に配備されており、朝一で前の隊と交代する。

俺はレスキュー第一隊の第二班に所属していた。班は一番員から四番員までの四人ひと組。俺は一番員で、要は班長みたいな立場だ。

そろそろ梅雨も終わりかけ、厳しくなりつつある夏の日差しが照りつける消防署前のアス

ファルトの上。点検のため消防車のエンジン音が響き渡る中、点呼と敬礼から朝の大交代は始まる。

「気をつけー！　七月三日、出場一件」

第三隊の隊長から、前日からの引き継ぎ事項が申し送られる。出場内容であったり、訓練内容であったりとさまざまだ。

「その他特になし！　直れ！」

大交代のあとは点検が始まる。消防車そのものからホースや筒先はもちろん、救助用のエンジンカッターやロープ、小さなカラビナに至るまで全てのものを点検する。レスキュー用の工作車に積んでいる器具は百点以上。それをひとつひとつ自分たちで確認するのだ。

昨日使ったんだから大丈夫だろうなんてことはない。

要救助者だけでなく、自分の生命にもかかわる。

もし、俺に何かあれば……今度こそ芙由奈は壊れてしまうのではないかと思う。だからこそ点検には気合が入る。

「スプレッダー確認ヨシ！」

声出し確認中、揺れる白黒の鯨幕《くじらまく》とその前で顔を覆《おお》い地面に泣き崩れる芙由奈を思い出す。

あの直前に起きた出来事を、……芙由奈はおそらく記憶していない。

俺の、赤浦さんを死に至らしめた炎に対する復讐心は、あのとき燃え上がったのかもしれない。

大交代のあとは署内二階の執務室に戻り、オレンジの活動服のままデスクでの業務に入る。十時の訓練までにあらかた終わらせなければ……。消防士は公務員なので、何かと報告事項も多く、書類仕事が山のようにある。

「あ〜、オレさあ、パソコン苦手なんだよね〜」

第一隊隊長である田浦さんが安っぽい事務用椅子《いす》の上で背伸びをしながら呟く。三十五歳で異動する特別救助隊員で、隊長だけは四十五歳まで救助隊に留《とど》まる。田浦さんはそれだけ〝できる〟隊員のはずなのだけれど、まあひと言で言えばこの人は昼行燈《ひるあんどん》なのだ。

「文句を言わずに手を動かしてください」

「そうねえ〜」

田浦さんは眉を寄せキーボードをしばらく押したあと「あー、だめだめ」と立ち上がる。

「山内《やまうち》あとで報告書作っといてよ」

「嫌ですよ」

「そう言わず、さあ……あ、ところで芙由奈ちゃんとはどうなの」

探るような視線を向けられ、ついムッとして口走った。

「順調すぎるほど順調です。結婚前提なんで。プロポーズってどんなのがいいと思いますか」

し。

「ええ、もうそんな関係までいったか」

「……嬉しそうですね」

てっきり田浦さんは芙由奈を狙っていると思っていた。やけに焼香に行っていたみたいだし。

田浦さんは「まあな」と肩をすくめる。

「よく様子を見に行っていたのって何か理由があるんですか？」

「あー、それは……」

田浦さんが答えようとした瞬間、ふと執務室内を見回す。

「……古城《こじょう》どこ行きましたかね」

「山内一番員、班員の管理はちゃんとしてくださいー」

俺は立ち上がりブラインドが下げられた窓に近づき、消防署前の歩道に探していた人物を見つけ軽く舌打ちする。ガラガラと窓を開くと、むわりとした湿気を含む熱い空気が頬を撫でた。

「おい古城！　戻れ！」

「……はい！」

窓を閉める。こお、と少し古い業務用エアコンが冷気を吐き出した。

「え？　古城クンたら訓練前に何してたん」

「暑熱順化で走ってたみたいです」

暑熱順化訓練とは、気温が高い時期もきちんと活動できるよう、暑くなり始めるゴールデンウイークあたりから梅雨にかけて身体を暑さに慣らすものだ。そのため、分厚い防火衣を着た状態で訓練やジョギングなどをこなす。終われば当然汗だくになっている、過酷なものだった。熱中症との戦いでもある。

「ええ、まじで、嫌でも今からやんのに？　熱心すぎるよね」

古城は芙由奈と同じ年の、まだ若い消防士だ。口数が少ない真面目で熱心な男だけれど、一方で危うく感じる瞬間もある。

「……なんか悲壮なんですよね、あいつ」

ぽつりと呟くと、田浦さんは「あー」とボールペンをくるくると回す。

「わかるわ。必死っつうか。訓練についていけないとか、そんなんじゃなくて、なんかに追われてる感じ」

そう言ってから、田浦さんは目を細めた。

「オレンジに来たばっかかのお前見てるみたいだよ」

オレンジとは、レスキュー隊に所属する消防士のこと。活動服がオレンジ色なことが由来だ。

「……俺ですか？」

「そう。お前もすごい肩に力入ってた。心配でさ……でもお前には芙由奈ちゃんいるの知ってたからさ、まあ大丈夫かなって」

デスクに戻る俺を見ながら田浦さんは頭の後ろで腕を組み、背伸びをした。

「まあ、まだ配属されたばっかで気合空回りしてんのかもな。少し様子見よ」

「ですね。そうします」

毎年、気合が入りすぎている隊員は入ってくるものなのだ。ここから徐々に慣れて、少しずつオレンジが肌に馴染《なじ》んでいく。

「それにしたって芙由奈ちゃんはお前のストッパーだよね。あの子いるからお前はちゃんと炎を怖いと思えるんだよ。赤浦さんはその辺ぶっ壊れてたな」

微《かす》かに眉を上げた俺に、田浦さんは苦笑した。

「お前、赤浦さんと仕事で現場入ったことないもんな。ほんとエグかったよ、あの人は。自己犠牲の塊みたいな人だった。怪我も多かったし……すごかったけど、待ってる家族はたまったもんじゃないよな。お前も含めてさ」

「俺も?」

「自慢の息子だって言ってたぞ?」

思わず目を丸くする俺に、田浦さんは「あーあ」と寂しげに笑った。

「生きててほしかったよ、ほんとに」

て肩をすくめた。

その言葉に懐かしさだけでない何かを感じ、つい田浦さんを凝視する。田浦さんは苦笑し

「いやあ……生きてたらさ、赤浦さん、今頃消防学校で鬼教官してそうだよな。でもすげえ慕われてんの。想像できるもん」

「わかります」

「あの人さえ生きててくれたらって、今もまだ思うよ。オレですらそうなんだから、家族はもっとだよな」

「……はい」


赤浦さんは太陽みたいな人だった。その分、いなくなった今、落とした影はとても濃い。芙由奈が少しそこに苛《いら》つきを感じているのは、なんとなくわかっていた。でも、みなまだ赤浦さんを忘れられない。

十一年経《た》っても、まだ彼は太陽みたいな存在なのだ。

芙由奈だって、もしかしたら忘れてしまったわけでなく、単に記憶に蓋《ふた》をしてしまっているだけなのかもしれない。あの記憶は、まだ子どもだった芙由奈には重すぎるものだっただろうから。

焦げたオレンジ色が瞼をよぎり、息を吐いてかき消したと同時に、背中がヒヤリとした。

もし彼女が「あの記憶」を思い出したら？

そのとき芙由奈はどうなってしまうんだ?

「すみません、戻りました」

執務室のドアが開き、俺はそちらに視線を向けた。

執務室は市民……主に小売店等経営者からの消防設備関係の書類などを受け取る関係で、小さなカウンターが設置されている。その向こうで古城が背筋を伸ばし生真面目に立っていた。さすがに着替えたらしいが、暑さのせいだろう、まだ頬が赤い。

「古城、熱心なのはいいが少し考えろ」

「申し訳ありません。ただ……自分は早く一人前にならないといけないんです」

言っていることは模範的な内容だが、古城の瞳に昏《くら》い色があるのが気にかかる。

「怒ってるわけじゃない。ただ、先週の怪我、まだ完治してないだろ?」

古城は先週の出場で怪我をしていた。高速道路で起きた多重事故で、古城はやや強引な救助方法をとっていた。結果として死者はいなかったものの、救助にあたった古城が肩に怪我をした。

「問題ありません。自分、丈夫なんで」

「そういう問題じゃない。それにあのレスキューの手法にだってまだ文句がある」

「本当ですか?」

古城がじっと俺を見る。眉を寄せ見返すと、古城は几帳面そうに頬を微かに震わせ続けた。

「自分がああしなかったら、山内さんが突っ込んでたんじゃないですか」

「……は？」

「あなたはそういう人だと思う。それに、……聞き及んでますよ。いろいろな武勇伝」

反論しかけた俺の背中に田浦さんの大爆笑が突き刺さる。ムッとしながら振り返ると、田浦さんが「今日はお前の負けだな山内！」と両手を叩《たた》いていた。その隙に古城は自分のデスクに座り、さっさとパソコンのモニターに向かっている。……やられた。田浦さんはニヤニヤしながら「芙由奈ちゃんに小言が多いとか言われない～？」なんて揶揄《からか》ってきている。

俺はため息を吐きつつ、書類作成に戻ることにした。

……それにしても、小言か。


「多いよ！　本当に！　智樹くんは小言が多い」

芙由奈に「俺って小言が多いのか」と聞いてみれば、即答でそう返ってきて閉口しかける。

「そこまではないだろ」

「あるよ！　本当にもう～、自覚ないの？」

夏空の下、俺は高速道路を運転しながらちらりと助手席に座る芙由奈を見やる。なんと言うのだか知らないが、白い長めのワンピースを着た彼女はいつも以上に可憐《かれん》に見える。俺は正面に視線を戻し「ないな」と答えた。

「修正すべき点を指摘しているだけだ」

「直す気ないんだもんなー」

芙由奈は呟き、「でも」と笑う。

「心配してくれているだけだもんね。ありがたくは思ってるよ。スカートの丈までは言及されたくないけど」

「それはするだろ」

「しないでよ」

俺が言ってもどうせ聞かないくせに、芙由奈はそんなことを言って上機嫌に続けた。

「それにしても楽しみだなー。おっきなブックカフェ」

今日向かっているのは、県内にある山間のブックカフェだ。古民家を改築したところで、児童書から古い初版の推理小説まであるということで、読書家の間で話題らしい。

どうやら芙由奈は長いことそこに行きたかったらしいのだけれど、場所的に車がないと行くのが難しく、断念していたらしい。

少し前に雑談していて、ふとその話が出たのだ。

『早く言え。車くらい出す』

『でも結構遠いし、山道運転させるのさすがに悪いし』

『好きな女にお願いされて、嫌なわけないだろ、アホか』

芙由奈は目を丸くして驚いていたけれど、まあそんなわけで俺は運転しているわけだった。遠いと言っても一時間もかからない。

到着すると、ちょうど昼前。

「わー、すごい。可愛い……！」

芙由奈は感動して、駐車場に降りるなり飛び跳ねんばかりに喜び建物を見上げる。蔦《つた》が這《は》う白い漆喰《しっくい》の壁、深い青緑の瓦屋根、レトロな模様のあるガラス窓。カラカラと引き違い扉を開くと、ふわりとコーヒーとインクの香りが漂う。

「ああ、最高……」

芙由奈がうっとりと目を細め、俺は心臓のあたりがふわりと温かくなる。彼女が喜ぶことが、本当に本当に嬉しくてたまらない。愛おしくて苦しい。

店員に案内された席は、坪庭に面した見晴らしのいい席だった。小さな猫脚のテーブルとふたり掛けのソファが窓際にちょこんと設置されている。並んで座ると、夏の深い緑で輝く山々を見渡すことができた。窓ガラス越しに、小さく蝉《せみ》の声が聞こえてきている。

「綺麗」

「……だな」

俺はそう答えつつ、高い天井を見上げる。黒く太い梁《はり》、しっかりとした大黒柱。天井まである本棚にぎっしりと詰まった本、本、本。これが平屋の何部屋あるかわからない奥の部屋まで続いている。喫茶スペースの床のみが板張りで、奥へは靴を脱がねばならないらしい。畳敷きだからだろう。

「消火器はどこかな」

「智樹くん、職業病だね。いつものことだけど」

「いや……」

なんとなく、癖になっていた。あらゆる建物で、脱出ルートを確保しておくこと。消火手順をシミュレーションすること。まあここは窓際だから逃げやすいけれど、奥の部屋にいるときに出火したらどうするべきか。

「ああ、トイレのそばに消火器があるな」

「もう、すぐそういうこと言う。お父さんと一緒」

無意識にだろう、赤浦さんの名前を出した芙由奈はテーブルにあったメニューを手に取る。

「どれにしよう？　コーヒーもいいけど、オリジナルのハーブティーもおいしそう」

「俺はコーヒーでいい」

「早く決めすぎ。メニューくらい見てよー。ご飯は？」

「日替わりとかないのか」

「あるけど」

芙由奈は「ああ、こっちもおいしそう、あれもおいしそう」と楽しそうに迷っている。俺はテーブルに行儀悪く肘をつき、その横顔を見る。

「な、何?」

「いや。可愛いなと思って」

「かっ」

芙由奈は両手で頬を覆《おお》い、「不意打ちはやめてよ」と目を逸《そ》らす。

「慣れろって言ってるだろ」

「慣れないってば……」

俺は彼女の髪をひとふさ掬《すく》って、くるくると指に巻きつける。芙由奈は真っ赤な顔でチラチラとこちらを気にかけつつ、一生懸命にメニューをめくる。目が滑りまくっているのが手に取るようにわかる。可愛すぎて笑うと、芙由奈は泣きそうな顔をメニューで隠した。

注文後、本を選ぶ芙由奈について回る。思った以上に広い建物だった。奥に進むと、コーヒーの香りが弱まり、代わりに古い畳の匂いがする。古いのに床自体がそう軋《きし》まないのは、大量の本を置くために補強してあるのだろう。

古い推理小説が並ぶ本棚を見上げながら、芙由奈が「智樹くん」と俺を呼んだ。

「私はいいから、好きな本選んできなよ」

「俺、小説系あまり読まないんだよ」

実用書関係はよく読むほうだけれど。

「知ってる。……なのに連れて来てくれたんだよね」

芙由奈が振り向き、俺を見上げる。長いまつ毛に縁取られた丸い瞳が、天井近くの採光窓からの日差しできらりと煌《きら》めく。宙に舞う埃《ほこり》すら輝いて彼女を彩らせてみせる。

「ありがと、智樹くん」

目が綺麗だなと思った。優しい声が心に満ちる。かつて棘が刺さってひび割れていた感情は、今や芙由奈ですっかり満たされている。

高い本棚と本棚の間、ほんの少し薄暗く人の目もないそこで、俺は芙由奈の頭にキスをする。いつもの匂いと違うのは、香水なのか制汗剤なのか。どちらにせよ、甘くていい香りだった。

「と、ととと智樹くんっ。人前で」

芙由奈が少し大きな声で俺を窘《たしな》める。俺は「ふは」と笑った。見られたくないなら、逆効果だろそれ。

「しー。人、来るぞ」

ハッと芙由奈が口を押さえた。

静かなエアコンの音と、離れた雑談の声がやけに心地いい。

「……智樹くんが変なことするから」

おずおずと芙由奈が俺を見上げる。

俺は芙由奈の髪をさらりさらりと撫《な》で、目を細めた。

「俺は芙由奈がどんな本を読むのか知りたいし、それでどんな顔すんのか、どう感じたかのほうが興味ある」

「……それ、楽しい？」

「楽しいよ」

そうかなあ、と芙由奈は目元に血の色を透かしながら呟いた。

結局「いや、よく考えたら見られながら本読むの普通にやだよ」という理由で、宮沢賢治《みやざわけんじ》全集の何巻だかを押し付けられる。これが案外と面白かった。

「なんかこう、宮沢賢治って耳に残るな。いや声に出してるわけじゃないんだけど」

客も少なかったためすっかり長居してしまったカフェから出て、夏の日差しに目を細めた。蟬の声が襲いかかるように大きくなる。

「あー、わかる、擬音というか、オノマトペ？　言葉選びが独特だよね」

「な。どっどどどどうど」

「どどうどどどう。風の又三郎《またさぶろう》」

得意げな顔をされて俺は少し意地悪な気分になる。砂利を踏み締め車に向かいつつ、「ドッテテドッテテ」と芙由奈を見た。

「月夜のでんしんばしら」

「グラアガア」

「オツベルと象」

「まじか。よく覚えてんな」

「図書の先生だもん、読み聞かせだってするし。ていうか、一回読んで覚えちゃう智樹くんも大概だけど……ってあっつー！」

車のドアを開けるなり芙由奈は目を丸くして、それから笑った。

「これすぐ乗るのは無理だね」

暑いと熱いが入り混じっている。

「だな」

エアコンをつけ両サイドのドアを開き、駐車場から山々を眺めた。真夏の深い緑が日に眩《まぶ》しい。

「日陰にいよっか」

芙由奈に言われ、すぐ横にあった大きな銀杏《いちょう》の木の下に入る。

「銀杏は燃えにくいんだ」

「また職業病」

「いや、今のは雑談」

明るいグリーンの葉の日陰は、やけに涼しい。通り抜けていく風——ふと芙由奈を見下ろす。ハンカチで仰いでいる芙由奈の額に、じんわりと汗が浮かんでいる。

それがやけに官能的に思えて、俺はごくりと生唾を飲み込む。

「智樹くん？」

芙由奈が俺を見上げて不思議そうに首を傾《かし》げた。腹の奥から湧き上がる欲求で、頭の中がいっぱいになる。俺は芙由奈の細い手首を摑《つか》み、自分のほうに引き寄せる。

蟬時雨《せみしぐれ》が降り注ぐ。

ドクドクと、自分の心臓の音が聞こえる。

腕の中にすっぽり収まった芙由奈は、俺の胸に額を預け俯《うつむ》いている。見えている耳は信じられないほどに赤い。

「可愛い」

俺は呟き、彼女の耳を撫でた。びくっと細い肩が震える。

「こっち向いて」

「……や」

「芙由奈」

自分からこんなに甘い声が出るのかと驚いた。芙由奈は首まで赤くして俺をおずおずと見上げる。そっと頬を撫でると、芙由奈は目線を軽く泳がせ、眉を下げ瞼を下ろす。

ゆっくりと唇を重ねる。触れるだけのそれが、徐々に深くなっていく。

通り抜けていく風が涼しい。

触れている唇は痛いほど熱い。

芙由奈の口の中がひどくおいしく感じる。舌を絡め歯列を舐め、唇を嚙《か》んだ。少し汗の味もする。芙由奈の小さな手が俺のTシャツを摑み、微かに震える。細い腰を押さえて俺に押し付け、さらにキスを深くしていく。

ゆっくりと唇を離す——唾液の糸が一瞬繫《つな》がり、夏の日差しに銀色に煌めいた。

「智樹くん」

芙由奈の声がひどく切なく、甘い。

蟬の声が一瞬止まり、すぐに鳴き出す。

腕の中にいる清らかな女が、淫らな欲を抱いているのがはっきりとわかった。


「あんっ、ああっ」

喘《あえ》ぐ芙由奈の最奥を、背後から腰を摑み昂《たか》ぶりで何度も突き上げる。そのたびに、芙由奈はラブホの安っぽいシーツを両手で摑み、枕に顔を埋《うず》めて高い声で啼《な》く。

芙由奈の濡《ぬ》れた熱い粘膜が、俺の抽送に合わせて何度も痙攣《けいれん》する。抜き差しするたびに追いすがり絡みついてくる肉襞がたまらなく気持ちいい。

——結局、あれだけ『ラブホはなあ』と思っていたにもかかわらず、俺は芙由奈をラブホに連れ込んでさんざんに貪《むさぼ》っていた。まだこんな行為に不慣れな芙由奈は俺にされるがままで、それが彼女を汚《けが》しているようでたまらない。だいたい、芙由奈だってどうやら少し無理やり気味にされるほうが好きみたいだった。

　優しく、イったあとに止まってやるよりも。イっているところをゴツゴツ突き上げてやったほうが、彼女は悦《よろこ》んで善《よ》がってナカで涎《よだれ》を撒《ま》き散らし俺のを締め付け舐めしゃぶる。

「あ、はぁっ、あっ、イって、もう、イってるぅっ、智樹く、智樹くんっ」

「知ってるよ、ナカ、エグいくらい痙攣してるもんな」

　芙由奈の入り口が窄《すぼ》まり、最奥までずっぽりと嵌《は》め込んだ俺の根本を食いしばる。一番奥は柔らかく蠢《うごめ》いて先端に吸い付き、隘路《あいろ》がぎゅうっ、ぎゅう、と不規則に収縮する。

　俺は芙由奈の腕を摑み、彼女の背中を反らせてさらに背後から突き上げる。薄い背中に浮き出た背骨が、やけに淫靡《いんび》だ。

　俺が動くたびに、芙由奈から悲鳴とも嬌声《きょうせい》ともつかない、ただひたすら男を煽《あお》る甘い高い声が零《こぼ》れ落ちる。痙攣し締め付けてくるそこに、何度も何度も昂ぶりをぶつけ、最奥を抉《えぐ》る。

　腰がぶつかる音と、淫らなぬるついた水音が安っぽく派手な部屋を満たす。セックスのためだけに作られた部屋で、ベッドで、最愛の俺の心臓に快楽をぶつけてどろどろに蕩《とろ》けさせる。やけに背徳的で、余計に興奮した。

　ついこの間まで汚れなんか知らなかった無垢《むく》な身体に、獣欲《じゅうよく》をぶつけて何度も達させて、それでもまだ自分の中の欲は満たされない。

もっと、もっと、もっと。

手を離せば、芙由奈はとさりとシーツに身体を預ける。俺はその身体にのしかかり、今度はゆっくりねっとりと腰を動かす。

「好きだよ芙由奈。愛してる」

微かに抽送しながら掠《かす》れた声でそう告げると、ナカの肉厚な粘膜が嬉しげに大きくうねり、昂ぶりを締め付ける。枕に顔を埋めた芙由奈が、必死に顔を横にして俺を見た。大きな目はうるうると涙で潤み、頬は真っ赤に上気して。

「わ、たしも……大好き……」

心臓がぎゅうっと切なく痛い。こんなに愛おしい存在がいて、いいものだろうか。俺はこいつを失ったら間違いなく正気ではいられないと確信がある。

俺は芙由奈をかき抱き、腕に閉じ込めて思うがままに昂ぶりを打ち付ける。俺に押し潰《つぶ》された芙由奈が泣いて脚をばたつかせながら淫らに喘ぐ。清らかで無垢な彼女から出ていると思えない、官能に染まり切った淫靡な声だ。

「好きだ、愛してる」

ようやく言えるようになったことが嬉しくて嬉しくて、俺は何度も口にする。愛おしい芙由奈はもう声も上げられずにただ絶頂し続けている。

俺の住む街から都内までだいたい電車で一時間ほど。日差しが秋になりかけているそんな日に、わざわざ都内にあるジュエリー専門店にでかけたのは、十一月に温泉旅行に行くことになったからだ。

まだ少し先だけれど、そこでプロポーズするつもりだった。本当は指輪も芙由奈に選ばせたほうが確実に趣味に合うのだろうけれど、あいつは本好き、物語好きというのもあって、〝プロポーズ的プロポーズ〟なシチュエーションに憧れを持っているのを俺は知っていた。

「普段の彼女様のお写真など拝見できますか？」

にこやかに店員に言われ、素直にスマホを差し出す。今日は平日ということもあり、客が少ないためかもともとこんな接客スタイルなのか、専属のようについて回られた。まあこんなものなんだろう、とジュエリーショップなんて初めて入る俺は納得する。

「なるほど、こういったお召し物が多いのでしたら、こちらのようなシンプルなデザインのほうがお好みかもしれません。素材も丈夫なので普段使いもしやすいです」

店員に勧められたのは、いわゆるエタニティリングというやつらしかった。小さなダイヤがぐるりと一周している。

ただ、あいつの憧れというか、プロポーズ的プロポーズをするとなるとなあ。横にある爪が高めのソリティアリングをちらりと見る。すかさず店員が「こちらはもうど定番です！

お姫様的シチュエーションがお好きなら確実に喜ばれます」と太鼓判を押してくる。

「喜びますかね」

「はい！」

ニコニコと店員は頷《うなず》き、ガラスケースから指輪を取り出した。ふと、その奥にあった指輪に気がつく。

「あの、それも見ていいですか」

「かしこまりました」

店員がソリティアリングの横に並べたのは、アンティークな雰囲気の指輪だった。

「こちらローズカットダイヤです。可愛らしいですよね、格式高いクラシカル調のデザインとなっておりまして、彼女様のお召し物の傾向的にもお好みのデザインかと」

「これにします」

「そうですよね～悩みますよね～……って、もうお決まりですか」

目を丸くされた。

「はい、これにします」

俺はそのアンティークだかクラシカルだかな指輪が芙由奈の細い指で輝くところをイメージして、なんだか歌い出したい気分になる。

指輪のサイズは芙由奈の母、俺の育ての母でもある絹子《きぬこ》さんの協力で把握できていたため、その場で注文して店を後にする。そのまま行列で有名な菓子店に行き芙由奈の好きなケーキを買い込み、また電車で帰路に就く。

車窓がいやに輝いて見える。

未来が楽しみでたまらない、歌い出したくてたまらない。ロック画面の芙由奈の写真をタップしては表示して、愛おしさに口元が緩む。

芙由奈は喜んでくれるだろうか。


赤浦家に着いたのは夕方頃だった。

「指輪、無事に買えたの？」

「はい。あ、これケーキです。よければ芙由奈と食ってください」

「あら！　いつもありがとう。芙由奈はさっき帰るってメッセージ来てたわ。智樹くんも晩御飯食べていきなさいね」

絹子さんはルンルンと俺からケーキの箱を受け取りキッチンへ向かう。俺がいつもどおり洗面所で手を洗っていると、足元を柔らかな何かが通る。

「アイ、ただいま」

白猫のアイが俺の脚にふわふわの身体を擦《こす》り付けて通っていく。匂いつけなんだろう。可愛くて抱き上げ、そっと頬を寄せる。アイは大人しく俺の腕の中に収まり、ニャアと小さく鳴いた。

アイは赤浦さんがとある火災から助けた猫だ。出火元の住宅に住んでいた老夫婦の飼い猫。たまたま近くにいた中学生の孫息子が『まだネコがいるんだ！』と祖父母を振り払い火の回る住宅に飛び込んだ――らしかった。

少年はアイを見つけ、抱きしめていたところを赤浦さんに助けられた。いや、……庇《かば》われた。

赤浦さんが殉職した火災の顚末《てんまつ》は、こんなものだったらしい。

結果として猫は行く先を失い、絹子さんが『あの人が助けたのだから』と引き取った。強い人だと思う。アイを見るたび思い出すだろうに――いや、忘れないためか。

「それにしても寂しくなるわねえ」

アイを連れてリビングに向かうと、絹子さんはアイスコーヒーを淹《い》れながら呟く。

「コーヒーどうぞ、智樹くん」

「絹子さん。寂しくなるってどうしたんですか」

膝の上でアイが丸くなった。

「もうすぐ芙由奈が家を出るのね、と思って。アイ、あなたとわたしだけになっちゃう。あ、お父さんもいるか」

リビングの仏壇には、オレンジの活動服を着た赤浦さんが笑っている。

「あなたがうちで暮らしてた間、騒がしかったけど、楽しかったわ。男の子なんてどう接したらいいのかわからなかったけれど」

「……すみません」

「だから、楽しかったんだって。芙由奈も智樹くん大好きで懐いて回って……付き合ったのも、告白とかもあの子からでしょ？」

俺は目を丸くする。絹子さんは目を瞬《またた》いた。

「え、智樹くんからなの？」

「はい」

「あら意外」

ころころと絹子さんは笑い、「ねえ、お父さん」と写真に笑いかける。

「それにしたって、わたし、お父さんよりずいぶん年上になっちゃったわねえ」

しみじみと絹子さんが言う。俺はアイスコーヒーを飲みながら口を開いた。

「あの、絹子さんさえ……」

それから一拍置き、少し緊張しながら続けた。

「……おかあさんさえよければ、ここで、またみんなで暮らしませんか」

「え」

絹子さんが……お義母さんが目を丸くする。緊張している俺の前で、おかあさんの芙由奈に似た目がみるみるうちに涙で溢《あふ》れかえった。

「おかあさん？」

「ごめんなさい、お、……おかあさん、って、言われる日が来るだなんて。やだもー、歳を取ると涙腺が」

「ただいま……って、智樹くん、なにお母さん泣かせてるの⁉」

リビングの扉が開き、芙由奈が飛び込んでくる。

「泣かせてない」

いや泣かせたのか。

俺はおかあさんの背中を撫でる芙由奈を見ながら、もっと早く呼べばよかったと、そう考えた。ちらりと仏壇の写真に目をやり、微かな寂しさを覚える。

赤浦さんのことも、「おとうさん」と呼びたかった。そう呼んだら、あなたはどんな顔をしただろう？

きっと太陽みたいに笑ったに違いないのに。

結局、俺の同居の提案は却下された。

「新婚さんとひとつ屋根の下なんて、いやぁよ」

赤浦家の玄関先、帰宅する俺を見送りながらこっそりとおかあさんに言われ肩をすくめる。

芙由奈が不思議そうにしながら、自室から本を抱えて戻ってきた。

「智樹くん、これ言ってたおすすめの本」

「ん、サンキュ」

「ケーキありがとう、おいしかったよ。それにしても、なんで急に銀座《ぎんざ》なんて行ったの？」

「ちょっと用事」

「ふうん」

疑いもせず芙由奈は頷き、無邪気に笑って「気をつけてね」と手を振る。俺は芙由奈の頭を撫で、髪の毛をくるくると指に絡めて「またな」と目を細め――そしておかあさんに「ほらね！」と笑われる。

「こんなにイチャイチャされてたら、身の置き場がないわ～」

「お、お母さん！　イチャイチャなんかしてないよ」

「してたしてた。お邪魔しました～、じゃあ智樹くん、また帰っておいでなさいね」

「はい、夕飯ごちそうさまでした」

おかあさんがアイを抱えてリビングに戻る。

「も－……」

芙由奈が頬に両手を当てて照れた顔で俺を見上げる。

「恥ずかしいからやめてよ」

「いやだよ。慣れろって」

いつもどおりの会話をしたあと、見送られて歩き出す。今日は車がないからバスだ。そのバスの中でさえ俺は幸福だった。芙由奈の貸してくれた本を指先で撫でる。芙由奈への愛おしさで息苦しかった。

十一月の半ばに温泉旅行を計画したのは、俺がかなり遅めの夏休みを取得するためだ。夏は研修なんかが多かったため、すっかりずれ込んで秋の終わりになったのだった。

まあ結果としては、よかったと思う。

「わあ見て、すっごい綺麗《きれい》！」

芙由奈が紅葉を見上げて笑う——箱根《はこね》にある老舗温泉旅館の庭園。見頃を迎えた紅葉はすっかり赤く色づき、夕陽に照らされ目を楽しませてくれていた。池では錦鯉《にしきごい》が泳いでいる。

この旅館は、部屋は全て外廊下で繋がった離れになっている。その離れからは直接この庭園に出られる作りになっていた。

風が吹いて、紅葉と芙由奈の黒い髪を揺らす。もこもこに着膨れした……というか俺がそうさせた芙由奈はあまり寒くないのか、赤く色づいた葉の下で楽しげに俺を見上げた。白いもこもこのコートが彼女の雰囲気によく似合う。

「でもいいの？　こんな高級な旅館。やっぱり半分出すよ」

「いいんだよ」

内心で付け加える――いいんだよ、プロポーズすんだから少し背伸びするくらいで。

芙由奈は俺が秋にプロポーズすると言ったのを覚えているのだかいないのだか、のんびりと石畳の上を歩いている。

「温泉も楽しみだなあ。景色よさそう」

「だな」

「……智樹くん雰囲気変じゃない？　なんかあった？」

「なんもないけど」

「本当？　なんていうか、ふわふわしてるっていうか」

俺は微かに眉を上げ、それから芙由奈の鼻をつまむ。そういうところだけ勘がよくなってんじゃねえよ。

「な、なになにっ」

「なんもない」

「えー？」

鼻をつままれたまま、芙由奈は笑う。俺はぱっと手を離して、それから彼女の腰を引いて抱き寄せて、唇を重ねる。

「ん」

柔らかくて、少し冷えた、芙由奈の唇。触れるだけでそっと離れて、髪の毛をくるくると指先に巻きつけて弄《もてあそ》ぶ。さらさらの感触、俺のとは全然違う……。

「冷えてるな」

「……ちょっと寒いよね」

「夕飯前に温まるか？」

髪の毛から指を離す。するするとほどけていく黒い髪——マフラーに鼻先を埋めるように匂いを嗅《か》ぐ。そうしてちゅっと冷たい耳朶に唇を寄せ、軽く噛んでから離れた。ピアスの穴ひとつ空いていない少し薄めの耳朶。

芙由奈が目を瞬き、目元を赤らめて視線をうろつかせる。俺が肩を揺らして「温泉だよ」と笑うと、余計に赤くなった。

「な、何も言ってないじゃん……！」

「真っ赤になってた。なに想像した？」

「し、してない、してないもん」

唇を尖《とが》らせる芙由奈を抱き上げ、空を見上げる。白いコートを羽織った芙由奈の頬は、背後の紅葉よりよほど赤い。

「いじわる」

「いじめられるの、好きなくせに」

「そ、そんなこと」

「ない？」

「……ぁ、る」

芙由奈がほっそい声で言うから、今度こそ俺は爆笑してしまう。怒る芙由奈を横抱きに抱え直し、耳元で囁《ささや》く。

「今からがいい？」

芙由奈は再び目線をうろつかせたあと、きゅっと唇を噛んで頷いた。

部屋に抱えるみたいに連れ帰って、腕に閉じ込めて押し倒す。芙由奈の表情がトロトロに蕩けて、もっととねだって何度も絶頂するのを、俺は彼女の両頬を包んで目に焼き付けるようにして抱き潰した。

芙由奈の口から「好き」という二文字が紡がれるたび、幸福で今死にたいとすら思う。

コンドームに欲を吐《は》き出し、彼女から出ていった頃には、すっかり陽《ひ》が暮れていた。

「芙由奈、夕食前に温泉行かないのか」

「……頑張れない……」

シーツの上で芙由奈はくてんと横になり、蚊の鳴くような声で答える。俺は彼女に手を伸ばし、そっと髪の毛を撫でる。

て眉を寄せた。

「部屋の風呂にするか？」

部屋付きの露天風呂もある。芙由奈は頷きかけ、それから「そうする」と呟き……俺を見

「やっぱりやめる」

「なんで」

「一瞬ニヤってした。なんかするつもりでしょう」

「……」

出てたか、とは口に出さないけれど。

「ほら！」

芙由奈は唇を尖らせ、乱れまくってもはや逆に淫らな服を整える。少しもったいないと思うのは、俺がかなり煩悩まみれのせいだろう。

並んで風呂に行き、またあとでと会話する。大浴場の露天風呂でぼんやりとしながら、幸せすぎて逆に怖いなと考えた。

こんなに幸せしかない瞬間なんて、今までの人生に存在しなかったから。

夕食は部屋で懐石料理だ。芙由奈は食べるのが好きなので結構量の多いこういうメシももぐもぐ食べていく。そういうところを見ているのも楽しくて、幸福で、俺はどうしたらいいのかわからない。

両親が死んで、祖母まで死んで。

世界でたったひとりになったと思ったあのときの俺に、未来は想像なんかできなかった。

教えてやりたい。

こんなに俺は幸せになれるんだって――。

「どうしたの？」

食後、広縁に置かれたソファに浴衣姿で並び暗い庭を眺めていると、不思議そうな芙由奈に言われ彼女を見る。芙由奈は旅館から借りた半纏《はんてん》を着て、なんだか素朴で可愛らしい。自然と頬が緩む。

「や。幸せだなと」

オイルヒーターの小さな稼働音の他は、何も聞こえない静かな夜。微かに芙由奈がみじろぎした衣擦《きぬず》れがやけに大きく聞こえる。

「……本当？」

「本当」

俺の答えに芙由奈は目を丸くして、それから優しく眉を下げた。

「私もね、幸せだよ」

俺は一瞬、息を詰める。

そのひと言がどれほど俺を幸福にするか、芙由奈はきっと知らない。

「あ、あと。こんなすてきな旅館、連れてきてくれてありがと。ちゃんとお礼言えてなかった」

遅くなってごめんね、と目を細める芙由奈に微笑《ほほえ》みを返す。

俺、お前をもっともっと幸せにしたいよ。その権利が欲しい。

「あのさ芙由奈」

「なあに？」

「結婚してくれ」

俺はじっと芙由奈を見つめる。しばらく芙由奈は固まったあと、「急」と呟いた。

「急すぎない⁉」

「……割と俺、そんな雰囲気出してなかったか？」

「あ、ソワソワしてたの、それ？」

「他に何があんだよ」

「何かなあって……」

芙由奈はどこか茫然《ぼうぜん》とした顔で俺を見ている。俺はソファの裏に置いていた紙袋を手に取り、指輪のケースを取り出す。白いベルベットに、似たような素材の柔らかな真紅《しんく》のリボンがかかっていた。

「指輪、嵌めていいか」

気に入るといいけど。リボンを外す生地の擦れる音が、やけに大きい気がする――ああ俺、緊張しているのか。箱を開き、指輪を手に取る。その動きさえ、どこかぎこちなくて。

照明がきらりとダイヤモンドを輝かせた。

「え、あ、わあ……」

ワタワタしている芙由奈の左手を取り、薬指に指輪を嵌めてから、気がつく。

「あ」

「な、何？」

指輪を見て嬉しげに涙目になっている芙由奈の顔を見ながら、少し気まずくなって目を逸《そ》らす。

「いや、なんかあんまロマンチックなシチュエーションにならなかったな」

「へ？」

「いや昔からお前、なんか憧れあったろ？　プロポーズの」

「そうだっけ……？」

「映画だのドラマだのでそういうシーンが出るたび、キャアキャア言って」

「よく覚えてるね」

目を丸くする芙由奈の手にキスを落として「当たり前だろ」と呟く。

「好きな女のそういうのって、叶《かな》えたくなる。さっき散歩してるときも言おうか迷ったんだけど、プロポーズなんて初めてだからタイミングに迷って」

「あ、あんまり何回もするもんじゃないと思うけどな、プロポーズ……」

そう言ってから、頬を赤らめたままの芙由奈は気の抜けた感じで笑う。

「智樹くんって、真面目なのか天然なのかわかんないときあるよね」

「そうか?」

初めて言われたな、と思いながら芙由奈の手を見る。予想どおり、アンティークで上品なこの指輪はよく芙由奈に似合った。

「なんとなくこれ、芙由奈のだなと思ったんだよな」

「ありがと……指輪、すごく綺麗」

芙由奈は思い切り真っ赤な顔でそう言ったあと、俺をやや上目遣いに見つめ、言葉を続ける。

「あのね、智樹くん。これ、じゅうぶん、私からしたらロマンチックだよ」

「……芙由奈」

「好きな人からこんなふうに、大切にされてるって、あ……あい、されてるって、示されて」

照れて唇を少しもごもごさせ、芙由奈は言う。

「とっても嬉しいし、ロマンチック」

「よかった。ところで芙由奈」

「な、何?」

頬が赤い芙由奈がぱっと顔を上げる。その顔をまじまじ見つめ、額を重ねる。

「返事聞いてないんだけど」

「……あ」

「どっち」

「そ、そんなの」

芙由奈は思い切ったように俺の腕の中に飛び込み、ぎゅっと抱きついて言った。

「断るはずないでしょ」

反射的に抱きしめ返す。腕の中にいる芙由奈が「苦しい」と笑う。俺は幸福で苦しい。

「智樹くん。ふつつかものですが、よろしくお願いします」

「俺のほうこそ——ごめん、幸せすぎてだめだ」

俺は呟き、芙由奈を自分の膝に乗せて抱きしめ直す。首筋に顔を埋めると、芙由奈のいい匂いにボディーソープの香りが入り混じっている。唇でなぞり、吸い付いた。

「あ」

芙由奈からたったひと言、あえかな声が漏《も》れた。

腹の奥で渦巻く欲が、鎌首をもたげる。

べろりと舐めると、芙由奈が大袈裟《おおげさ》なほど身体を揺らして俺の頭を抱える。細い指が髪の毛を摑んでいるのがわかる——これからくる快楽に期待をしているのも。

俺が顔を上げると、自然に芙由奈も指の力を弱める。ちら、と目をやれば、薬指に輝く指輪。微かに独占欲が満たされていくのを感じる。

片腕で抱きしめ芙由奈の左手を握り、指を絡める。そのまま唇にキスを落とし、深めていく。たっぷり口内を堪能したあと離れれば、とろんとした顔の芙由奈と目が合う。

「抱きたい」

唸《うな》るみたいな声が出て、芙由奈が期待たっぷりの蕩けた瞳で「でも」と呟く。

「夕方もしたのに……」

「ならやめる?」

芙由奈は目を瞬き、それから眉を下げ小さな口で言葉にする。

「し、たい……」

その言葉が聞こえるやいなや迷わずソファに押し倒し、浴衣を脱がせ、俺も脱ぐ。床板に重なる大小の半纏と浴衣がやけに淫らに思えた。バスタオルをソファに敷いてから脚から下着を引き抜くと、芙由奈は太ももをしっかりと閉じ合わせた。

「寒くないか?」

オイルヒーターがあるから俺は寒くないけれど、心配になり聞いてみる。芙由奈はこくんと頷き、恥ずかしげに胸元を覆《おお》った。

「それは大丈夫なんだけど、明るいのやだなあ……」

「今さらだろ」

むしろ電気を消したことがない。なにしろ余すところなく見たいので。芙由奈は綺麗な眉を寄せ唇を尖らせた。

俺の前でしかしない、子どもじみた仕草《しぐさ》が可愛くて仕方ない。

胸を押さえる芙由奈の手に輝く指輪を見ながら、ふとイタズラ心が湧いてくる。

「手、離して。胸が見たいから」

「え、や、やだよ。見てどうするの」

「どうするって……興奮する？」

「やめてよ、もう」

唇を尖らせる芙由奈が可愛い。俺が笑い返すと、芙由奈は目を丸くした。その隙に細い手首をまとめて掴む。

「わ、わあ。何？」

「なんだろうなあ」

俺はその手を彼女の頭の上に揃《そろ》えさせ、頬を緩めた。

「な、なになにっ」

慌てる芙由奈の手首を片手で摑んだまま、ソファのすみに落ちていたベルベットの柔らかなリボンを手に取る。芙由奈を見下ろせば、彼女は「あの」と呟いた。

両手を頭の上で拘束され、隠していた乳房は露《あら》わになり、白い肌を上気させている――。

「それ、何するの」

か細い声に微笑みだけを返し、迷わずリボンを手首に巻きつけた。二回り二結びだ。救助活動でも使うため、簡単にはほどけない。

「きゃあっ、ま、待って」

「待たない」

頭の上で手を拘束されて、白い乳房を晒《さら》して俺にのしかかられている芙由奈。俺は彼女の膝を摑み開かせ、間に身体を入れる。

「智樹くん、あのっ」

「なあ、乳首勃《た》ってる。期待してる?」

「さ、寒いからっ」

「寒くないって言ってたけど」

俺が乳房の上でピンと芯を持ち色を濃くした先端を指先でつまむと、芙由奈は頰をさらに赤くして「ひゃん」なんて可愛すぎる声を上げる。たくさんいじめてくださいと言わんばかりの甘えた声音に、知らず頰が上がった。

「かわい……」

「か、かわいくなんかっ、あっ」

先端を口に含み、口の中でさんざんに舐《ねぶ》る。舐めて吸って噛んで舌先で押し潰して、もう片方は指で捏《こ》ねて弄ぶ。

「ふ、うんっ、んっ、あっ」

俺の身体の下で芙由奈の華奢《きゃしゃ》な身体が幾度も跳ねる。そのたびに下腹部が熱を孕《はら》み、昂ぶりに血液が巡るのがわかる。痛すぎるほどに勃って、先端からはトロトロと先走りが溢れている。芙由奈の身体にそれを押し付け、みっともなく腰を揺らした。

それに気がついたのか、芙由奈が眉を下げ俺を見つめる。恥ずかしそうにしたあと、「あの」と俺を呼んだ。

「も、挿《い》れたい……？」

「いや？」

俺は強がって笑い、じゅうっと乳首を吸ってから離れる。

「ひぅ……っ」

「あー、えっろい顔……」

つい思ったことを口にしてしまいつつ、芙由奈の膝裏に手を入れ、ぐいっと押し上げる。驚く顔の芙由奈をチラッと見てから、脚の付け根に手を置いて割れ目を親指の腹で開いた。

「っあ、と、智樹くん、なにしてっ」

「見てる」

「は、恥ずかしい、やめて」

「芙由奈、恥ずかしいほうが気持ちいいくせに」

「そ、そんなことないも……ああっ！」

ちろりと舌を伸ばし、そこを夢中になって舐めしゃぶる。縛られた両手で、芙由奈が俺の髪を摑んだ。

肉芽を舌で押し潰したり嚙んだり、割れ目の中まで舌を伸ばしナカの粘膜を舐め上げる。直接感じる芙由奈の味と匂いに興奮が増す。甘酸っぱい、女の匂いが濃くなっていく。

「あ、だめ、やだ、ぁあっ、ああ……——」

半泣きなのがわかる芙由奈の声が、甘く、あえかに高くなって、やがて耐えかねたようにか細い悲鳴になった。俺の髪を握っていた指先から力が抜け、俺の唾液と芙由奈から溢れ出した淫らな温《ぬる》い水でぐちょぐちょになった入り口をヒクヒクと痙攣させている。薄い腹の上で、紅いリボンで縛られた芙由奈の両手が力をなくしていた。

「ここ、すげえ俺の欲しそう」

指二本で入り口を広げてみれば、ナカの粘膜が蕩けて淫らに充血しているのがわかる。

ここに何も着けずに突っ込んで、好き勝手に腰を振りたくったら、きっとすごく気持ちが

いいんだろうな。

そんなことを考えながら、俺は中指を挿《さ》し入れて絡みつく肉襞を擦《こす》る。肉芽の裏側の、芙由奈が感じる浅いところを刺激すると、むずかる子どもみたいに芙由奈が脚をばたつかせる。

「暴れんな、ほら」

俺は片手で腰を固定して、芙由奈のナカを擦り上げるのに熱中する。白く濁《にご》ってきた粘液が手のひらまで垂れてきて、つい笑う。

「気持ちいいな、芙由奈。もっと?」

「も、はぁっ、もういいっ、からっ、智樹くんのっ、挿れて……っ」

「おねだり下手だなあ、お前」

俺は指を増やしてナカでバラバラに動かす。もっと感じて、もっと蕩けて、もっと俺のことだけ考えてほしい。

「なんかすげえエロい台詞《せりふ》言わせたいな」

「や、やだあ、っ、いじわる……っ」

さらに指を増やす。子宮の入り口まで指で押し上げてナカをさんざんに蕩けさせているうちに、芙由奈の声色がさらに濡れる。

「あ、やだ、智樹く、んっ、何か来ちゃ……っ」

「何かって?」

「あ、お願、っ、も、指やめて、えっ、来ちゃ、来る、お願い、お願いっ……」

腰からうなじまで、ゾクゾクと電気が走ったかのような強烈な嗜虐心《しぎゃくしん》が湧き上がる。

俺は芙由奈のことを死んでも守りたいのに、ぐちゃぐちゃにしてしまいたくてたまらないのだ。

「あ、あっ、抜いて、だめぇ……」

胸の前で手を揃えた芙由奈の両足は淫らに開いている。おそらくもう閉じる余裕がないのだと思う。白い太ももがぴくぴくと動いていた。

ナカの肉襞が指に蠢き絡む。トロトロに柔らかくなった肉厚な粘膜が、うねりながら俺の指をきつく締め付ける。

「だめ」

ハッとした様子で芙由奈は叫《さけ》ぶ。

「だめだめだめだめ、お願、っ」

芙由奈が裏返りかけた声を上げる。

「智樹く、あ、んっ、智樹くん……っ」

「……んー？　どした」

――俺はどんな顔をしているだろう？

獣《けもの》みたいにギラギラして笑っているのか、それとも目を細めて優しく微笑んでいるのか。

とにかく笑っているのは間違いない。

「芙由奈、好きだよ」

指を動かすたびに溢れる粘液の音が、こちゅこちゅと空気を含んだものに変わっていく。

「いやっ、来、ちゃぁっ――…………」

芙由奈の腰が上がり、同時に彼女から温い水が溢れ出す。

「あ、あっ、あ……」

脱力した芙由奈の綺麗な目から、ポロポロと涙が溢れた。

「ごめ、ん。智樹く、私、なに、か、出ちゃっ……」

「ん。かわい、気持ちいいと出るんだよ、これ」

嘘《うそ》、みたいな顔をしている芙由奈のこめかみにキスを落とし、痙攣しているナカから指を引き抜く。

「そろそろ挿《い》れるな?」

「え、あ、うん……」

瞳をとろんとさせ、芙由奈は頷く。俺は立ち上がり、背後のバゲージラックに置いていたカバンからコンドームを取り出す。

ソファに戻ると、恥ずかしそうに身を縮めた芙由奈がリボンを解こうと端を口に咥《くわ》えていた。薬指にはダイヤモンドが光って……なんというか、背徳感がやばい。

「……なんか俺すごいやばいことしてるやつみたいだな」

「あの、智樹くん。これ、ほどけないんだけど？」

「ほどけない結び方にしてるから」

「ええっ」

俺は笑いながらコンドームの袋を破る。

「消防士舐めるなよ」

「こ、こんなところで仕事の技術活かさないで……！」

ソファに乗り、芙由奈にのしかかる。昂ぶりに薄い皮膜を被せ、彼女の膝裏を広げて間に身体を入れた。

「あー……すげえ挿れたい……」

すぐには挿れず、ぬるぬるの割れ目に幹を押し付け腰を揺らす。

「は、ぁっ、んっ、挿れたら、いいじゃん……っ」

「いやなんか、芙由奈から欲しがってほしくて」

「え、……ぁんっ！」

肉芽を昂ぶりの先端で押し潰し、腰を揺らめかす。

「言って、俺が欲しいって」

「っ、あ、恥ずかし……っ」

「芙由奈」

　声を低くして、でも甘えるトーンで名前を呼ぶ。芙由奈はおずおずと俺を見上げ、それから眉を下げて唇を微かに動かした。

「っ、あ」

「ふーゆーな。ほら」

　言えよ。欲しいって。

　俺は物欲しそうにぱくぱくしている入り口に、肉張った先端をぐりぐり押し付ける。

　それだけで吸い付いてきて、ナカに入ってしまいそう。

　芙由奈の腰が動き、先端をナカに入れようと必死なのがいじらしくて可愛い。

「だめ。ほら」

　すっと腰を引く。

　芙由奈は恋人の前以外で絶対にしてはいけない顔と腰の揺らし方をしてから、ぎゅっと眉を寄せ口を開く。

「う……っ、と、智樹くん、挿れて……ほしい……」

「何を？　どこに？」

　芙由奈の目が見開かれる。涙に濡れたそこに映る俺は、きっとめちゃくちゃ楽しそうな顔をしている。

「う、……智樹くん、……の、を。私に」

「具体的に？」

「い」

芙由奈の真っ赤な顔が泣きそうに歪《ゆが》む。

「言えないよう……っ」

ものすごく恥ずかしそうな、めちゃくちゃエロい泣き顔。腹の底に溜まっている真っ黒な独占欲が満たされて、俺は芙由奈の細腰を摑み一気に最奥まで昂ぶりをナカに捩《ね》じ込んだ。

「あ、っ」

芙由奈の甘えた高い声に頭の芯がくらくらした。

俺はただ芙由奈の腰を摑み抽送を繰り返す。ナカの粘膜が健気《けなげ》に吸い付き、肉襞が蠢く。最奥で先端に当たるのは子宮の入り口だろうか。そこを突き上げると芙由奈はあられもなく身体を捩《よじ》り喘いだ。

本能がお互いを突き動かしている。

「ああっ、あっ、あんっ、あっ」

どろどろの粘液が溢れ出す肉襞をゴシゴシ擦り、一番奥まで抉るように腰を打ち付ける。芙由奈から溢れる嬌声はすでに言葉になっていない。

「ふ、ゆな」

俺は愛おしい人の名前を呼ぶ。何度も、繰り返し、ただひたすらに呼ぶ。

「芙由奈、芙由奈……っ、愛してる」

恋慕と愛情と嗜虐心と庇護欲《ひごよく》と独占欲で頭の中も身体の中もぐちゃぐちゃだった。

それをどうにかしてほしくて、ただひたすら芙由奈を貪る。ずるずると昂ぶりをナカで動かし、一番奥を力強く突く。芙由奈の身体はそのたびに揺れて、縛られた手は祈るように指を組み、淫らなのか清らかなのか、組み敷いている俺にもわからない。

ダイヤモンドと紅いリボンだけを身につけた、陶器みたいに白くなめらかな肢体。

それをもっと乱れさせたくて、善がらせたくて、たわわな乳房を鷲摑《わしづか》みにして揉《も》みしだきながら腰を振りたくる。乳首を手のひらで押し潰し、指で少し強くつまみ軽く引っ張ると、ナカがきゅうっと締まった。

「これ気持ちいい？」

「はぁっ、あっ、あっ」

返事はなくとも、芙由奈の快楽に寄った眉、悦楽に濡れた瞳で彼女が善がっているのがわかる。

「ん、もっとしてやるかな」

俺は笑い、腰の動きを速め、乳房を指や手で弄《いじ》り乳首を舌や歯で舐る。芙由奈の入り口が窄まり、ナカが不規則に痙攣し、細い悲鳴が上がって明確な絶頂を伝えてくる。

でも俺は動くのをやめない。

「あっ、あんっ、ああっ、智樹、くんっ、わた、私、イっ……て、ぇ、あっ！　あんっ」

イっていると必死に訴える芙由奈を押し潰すように抱きしめ、激しく最奥に昂ぶりを打ち付ける。ぐちゅぐちゅと溢れる淫らな水音に興奮が増す——芙由奈が絶頂を重ねるのが伝わってくる。

「あ、イ……っ、また、イって、ぇっ、ぁあっ、ああ……っ」

芙由奈の声が濡れている。

俺は彼女の唇にキスを重ね、口の中で舌を好き勝手に動かしながら、くぐもった声で喘ぎ絶頂する芙由奈を感じている。

「んー……っ、んぁ、ん、……んんっ」

芙由奈の入り口が強く窄まり、蕩けきった全体で俺を食いしばり痙攣する。最奥がヒクついているのは、孕もうとする本能だろう。

そこめがけてさらに激しく抽送する。芙由奈の快楽を無視した、ただひたすら欲を吐き出すための動きだったのに、芙由奈は健気にもまた達して身体をこわばらせる。

ナカの粘膜も俺のを痛いくらいに締め付けている——最奥を抉った瞬間耐えきれなくなって、コンドームに欲を吐き出した。

キスしていた唇を離し、はあっ、と掠れた声が混じる息を零す。つうっと繋がった唾液は重力に従い、芙由奈の口元に落ちた。

芙由奈はそれをどうすることもできないほど、脱力していた。肩を上下させ、身体中を上気させ、快楽の残滓《ざんし》でナカが痙攣しているのをただ感じているようだった。

そのヒクヒクしているナカから柔らかくなり始めた自身を引き抜き、コンドームを処理するために立ち上がる。

見下ろした先で、両手を縛られた芙由奈の脚の付け根から、とろりと粘液が溢れる。

それを見ていると、……出して柔らかくなり始めたはずのそれに血が巡り始めて。

「……も、無理だよ……?」

「わかった。芙由奈は寝ていていい」

俺はしどけなく力を抜く芙由奈を抱き上げる。軽くて温かい、愛おしい。

「ぜ、絶対無理なやつ……」

そんなひと言につい笑って肩を揺らしながら、俺は彼女をベッドに運ぶ。

そうして、幸福は芙由奈の形をしているんだな、と俺はようやく気がついたのだ。

ベッドでもさんざん啼かせたあと、ふたりで部屋付きの露天風呂に入る。温かなそこでまた睦《むつ》み合って、何度も気持ちを伝えて――。

幸せだった。

泣きたくなるくらい、幸福だった。

けれど芙由奈は思い出してしまう。

あの日、何があったのか。

赤浦さんだった、焦げたオレンジ色。

警察署の冷たい霊安室。

——芙由奈の悲鳴。

その全てを。

そしてもう消防士《俺》とはいられないと、芙由奈は静かに泣いたのだ。

【三章】

「わかった。芙由奈《ふゆな》は寝ていていい」

「ぜ、絶対に無理なやつ……」

私は智樹《ともき》くんの逞《たくま》しい腕に優しく抱き上げられながら呟《つぶや》く。というか、実際無理だった。

「んあ、やあっ、あっ、んっ、んんっ」

智樹くんはベッドにうつ伏せになっている私にのしかかって、硬くて太い屹立《きつりつ》で一番奥まで抉《えぐ》ってくる。すでにリボンはほどかれていたけれど、両手共に大きな彼の手のひらに包まれて指を絡められてシーツに縫い付けられている。

「は、はぁっ、あっ」

喘《あえ》ぐたびに涎《よだれ》がシーツに染み込む。

彼が動くたびに絶頂してしまう。

やがて欲を吐《は》き出した彼が、荒く息を吐きながら私をぎゅっと抱きしめる。

「愛してる、芙由奈」

私はふわふわする頭で、幸せだなと思う。

胸を締め付ける幸福に、自然と涙が零《こぼ》れ落ちた。


そのあと、どれくらい時間が経《た》ったのか——ベッドで私を抱きしめていた智樹くんが、ガバリと起き上がった。直後に、ジリリリリとけたたましい音が鳴り響く。

「……ん、なに……？」

首を傾《かし》げる私をベッドに残し、智樹くんは障子を開く。その先には日本庭園が広がっていて——離れた植栽の先に、オレンジが見えた。

蛍光みたいな、鮮《あざ》やかな、朱《しゅ》色。

「え」

「斜め向かいの部屋が燃えてる」

智樹くんは低い声で言うと、私に浴衣の上からもこもこのコートを着せて、自分はジーンズにトレーナー、分厚いアウトドア用のアウターを羽織る。

「行くぞ」

「ど、どこに」

「フロント棟」

今回連れてきてもらったこの旅館は、部屋は全て離れになっていた。他の部屋やフロントに繋《つな》がる外廊下に出ると、他の部屋からも次々に宿泊客が出てきていた。火災報知器だろうか、ジリリリリという音は鳴りやまない。

「火事です！　お客様、みなさまフロント棟にお集まりください！」

泡を食った顔でスタッフさんが数人、フロント棟のほうから廊下を走ってくる。そのうちひとりのスタッフさんの腕を智樹くんは摑《つか》み「俺、消防士です」とはっきり告げる。

「避難誘導を手伝います」

「しょ、消防士さん」

スタッフさんの焦った顔に、ほんの少し安堵《あんど》が混じった。周りのお客さんも「消防士さんだって！」「消防士さんがいた」と一様にホッとした様子を見せる。

私は不思議な気分になる。

智樹くんは確かに消防士さんだけど。

でも消防車も防火衣《ぼうかい》もホースも何もないじゃない？　どうやって消すの、どうして安心するの。何もできないじゃない。智樹くんはただの人間だ。神様なんかじゃない。

「部屋のある離れからフロント棟までは距離があります、とりあえずみなさんそちらに。

――芙由奈も」

智樹くんに言われ、ぐっと彼を睨《にら》むみたいに見上げる。

「芙由奈」

窘《たしな》めるように言われ、おずおずと頷《うなず》く。行かないでと喉まで言葉が出て、智樹くんの視線に声が出なかった。私が何も言えない間に、智樹くんは廊下を走って行ってしまう。

スタッフさんの誘導で、フロント棟のエントランスにあるソファに座る。私はソワソワとあたりを見回す——他のお客さんも、みな静かだ。ひとり、男性客がスマホ片手に離れに戻ろうとしてスタッフさんに止められていた。

「くそー、撮りたかった。バズれたかもしれないのに」

悔しがる男性客を、連れの女性が低い声で窘めて……ふと気がつく。

サイレンが聞こえない。

「あ、あの。消防には」

近くにいたスタッフさんに聞くと、彼女は「ご心配をおかけしております」と眉を下げる。

「麓にある消防署から、だいたい二十分ほどで到着するそうで、もうじきではないかと」

「そ、そうですか」

街中ならば十分はかからないけれど、この旅館までは急勾配のある山道だから、それくらいはかかってしまうのだろう。

私ははめ殺しの、天井まである窓を見る。木々と植栽で宿泊棟のほうはよく見えない。

静かだ。

まるで何も起きていないみたいに。

そっと立ち上がり、二階に向かう階段を上る。二階はレストランになっていて、今はクローズの看板が出ていた。そっと中に入り、窓際に駆け寄る。

「……あ」

ここからなら、宿泊棟がよく見えた。連なる離れのうちのひとつが、火を吐き出すように燃えている。

鮮やかで憎々しい朱と金が入り混じった鮮やかなオレンジの炎。もくもくと黒い煙が上がっているのも夜なのにはっきりと見える——ふと、その前に人影がいくつか見える。

「……智樹くん？」

顔なんかはっきり見えない。

でも、その人影がひとつ、確かに炎の中に飛び込んだのがわかった。それは智樹くんだと、妙にはっきりとした確信がある。

冷え切ったガラスを手で叩《たた》く。

「あ」

頬が濡《ぬ》れている。

「ああ」

脚から力が抜ける。喉が痛い——なんで痛いの？　胸元をかきむしる。

オレンジ。

嫌なオレンジ。

焦《こ》げたオレンジ色が瞼《まぶた》に浮かぶ。

あのときも、冷たい部屋で私は叫《さけ》んでいた。だから喉が痛い。痛くなるくらい、こんなふうに、叫んでいた。

鼓膜を揺らす自分の悲鳴に頭痛がする。

お父さんお父さんお父さん。焼け焦げたオレンジ色の防火衣を着たお父さん。

対面は病院じゃなかった。警察署だった。誰がどう見ても生きてなんかいなかったから病院へ搬送すらされなかったのだ。

「智樹くん！」

涙が頬を伝って顎からポタポタ落ちていく。

炎の中から誰も出てこない。

出てきて、早く、出てきて。

「お、お客様！」

スタッフさんが私の身体に触れる。私は振り払って冷たい窓ガラスにすがりつく。

お願い出てきて。

お願い、生きてて。

死なないで。

窓ガラスが白く曇って、私は拳《こぶし》でガラスを拭く。必死で炎を見つめ続け——やがて出てきた人影は、誰かを抱えていた。

そこで私は目を閉じる。身体の芯まで冷えていた。

——耐えきれないと、そう悟った。


目を覚ますと病院だった。瞬間に抱きしめられて目を瞬《またた》く。

「芙由奈!」

大好きな人の声だった。目線を向けると、智樹くんが泣きそうな顔をしている。

「よかった。倒れて搬送されたって聞いて……」

「ほっぺどうしたの?」

「ん? ああ、大したことじゃない」

彼の頬にはガーゼが貼ってある。首にも、手なんかぐるぐると包帯が巻いてある。

「火傷《やけど》?」

「——ん。でもすぐ治る」

智樹くんは私を安心させるように笑う。

「あの火の中に、入ったの?」

「——ああ。ひとり、逃げ遅れていて」

智樹くんは私の顔を見てハッと目を瞠《みは》る。

私はどんな顔をしているのだろう。

「どうして。お休みなのに」

「……手が見えて、届きそうだったから」

智樹くんはその精悍《せいかん》なかんばせに戸惑いを浮かべている。彼は私の頬を撫《な》でて何度も微笑《ほほえ》んだ。安心させようとしているのが伝わってくる。

「ほら、大丈夫だったろ？」

「智樹くんまで死ぬかもしれないのに？」

「それは」

「消防士さんだって人間でしょ。何も道具がないのにどうして飛び込んだの」

「……一応、防火用アウターだった」

「アウトドアの、焚《た》き火レベルの防火でしょう」

智樹くんはぐっと黙り、私の手を握り呟く。

「心配かけて悪かった」

「思い出したの」

「……何を」

智樹くんが微《かす》かに眉を寄せる。

「お父さんが死んだときのこと」

「──葬式？」

「霊安室で起きたこと」

智樹くんの目が見開かれる。

そっか、智樹くんは──覚えてたのか。

ならなんで消防士さんなんかになったの。あんな凄惨《せいさん》なオレンジ色を見て、どうしてそうなれるの。

あなたが強いから？

私は弱いから。

──ああ、お腹の奥が息苦しい。

「芙由奈」

「私。智樹くんと結婚、できない」

「芙由奈」

「無理、私は消防士さんの奥さんにはなれない、お父さんがあんなふうに死んだのに平気になんてなれない」

智樹くんの指先が震えている。

「別れて。ごめんなさい、私、弱くてごめん」

「無理」

「強くない私が悪いのはわかってる。でも」

冷たい霊安室に横たわるオレンジ色が、頭から消えてくれない。

「……芙由奈」

「毎朝、智樹くんがあんなふうになるかもと思って送り出すのは、私には、無理」

智樹くんの手に力がこもる。そうして首を振る。

「嫌だ」

「お願い」

「頼む、芙由奈、離れるな」

私は首を振る。

どれくらい時間が経っただろう。

智樹くんは唇を噛《か》み、立ち上がる。そうして私を見下ろし「家までは送る」と呟いた。

表情はよく見えない。


荷解きした荷物の中に、指輪が入っていた。智樹くんが入れたのだろう。私はじっとそれを見つめる。

リビングに行くと、アイが「にぁ」と足に擦《す》り寄ってくる。抱き上げてソファに座ると、お母さんが「大変だったわね」と眉を下げた。

「智樹くんと少し話したんだけど、原因、お客さんの寝タバコですって？　嫌ねえ、そもそも禁煙の旅館よね」

今どき、と思われるかもしれないが、死者が発生するような大きな火災の原因はいまだにタバコが大きな割合を占める。お父さんがよくぼやいていた。どうやら今回もそうだったらしい。

「……ん」

「元気ないわね。智樹くんのおかげで誰も死なずに済んだんでしょう」

「それは」

そうだけど。

でも。

うまく言葉が出てこない。

「……お母さんは平気だったの？」

「何が？」

「お父さんが消防士であること」

お母さんは目を瞬き、そうして細めた。

「うーん。よく知らなかったしね、お父さんのお仕事」

視線の先はお仏壇だ。写真を見る——お父さん。そう、こんな顔をしていた。どうしてちゃんと顔を認識できなかったんだろう。

「なんとなく、あの人は無敵な気がしてた。そうじゃなかったけど」

「怒ってないの？」

「何を？」

「家族をあんなふうに置いて行ったこと」

「怒ってないわよ、お父さんの勝手には慣れてるからね」

お母さんは笑う。

なんで笑えるのだろう。生返事をしてソファにアイを下ろし、立ち上がる。

部屋に戻りかけた私の背中に、お母さんは声をかけた。

「後悔はしないようにしなさいね、芙由奈」

「後悔？」

「お母さんはね、お父さんと結婚したこと、後悔してないのよ」

そう言ってお母さんはアイを抱き上げ、愛おしそうに頬擦《ほおず》りした。お父さんの死の原因になった白猫を、お母さんは心から愛しているのだ。

私にはよくわからない。

わからないまま日常は続く。そのうちに、私は断片的だった「あの日」の記憶が徐々にはっきりしてきたことに気がつく。

崩れ落ちて悲鳴を上げたリノリウムの床の冷たささえ、くっきりと思い出した。

そのせいかうまく眠れなくて、お母さんは心配している。

「智樹くんには言わないでね」

「でも」

「お願い」

お母さんは渋々頷く。

心配かけちゃだめだと思う。お母さんにはもう私しかいないんだから。

棚の上には白い指輪のケースが置きっぱなしだ。

「返しに行かなきゃ」

そう思うのに、行動できない。

そうしているうちに智樹くんからメッセージが届く。

『お前が幸せになるのを祈ってる』

私はスマホの画面を見つめながら、そっと目を閉じる。どうして涙が出るんだろう。

私は指輪を手に取り、ぎゅっと握りしめて静かに泣いた。自分で決めたのに、耐えられないと思ったのに、いざ離れると悲しくて仕方ない。

智樹くんはどうなんだろう。

『智樹くんも幸せになってね』

いつか相応《ふさわ》しい、伴侶に足る強い女性が彼にも現れるだろう。私は肩を震わせる。

「ごめんね……」

私はしゃくり上げながら呟く。

強くなくてごめんね、智樹くん。

私はお母さんみたいにはなれないよ。

霊安室で見た焦げたオレンジが、べったりと瞼に灼《や》きついているのだ。

そうして冬が寒さを増していたある日。クリスマス前、太平洋側のこの街に雪がちらついた寒いある日曜日。

眠れていないせいか頭が働かない。眠いようで眠くなく、リビングでひとりぼうっとココアを飲んでいると、スマホが鳴り響く。

「——田浦《たうら》さん？」

私は訝《いぶか》しみながら画面をタップして、そうして田浦さんの声に目を見開く。

訓練中に、智樹くんが怪我《けが》をして、病院に搬送された。

気がつくと、家を飛び出していた。雪片が頬に当たる。冷たさも痛みもなかった。

大通りで見かけたタクシーに飛び乗って、病院に着くまでの間、奥歯がカチカチと鳴る。

必死に手を強く握った。

病院に着くなり飛び降りて、エントランスに走る。

「田浦さん！」

「おお、芙由奈ちゃん。悪いな、オレもう戻んなきゃいけなくて」

田浦さんは眉を下げた。

「ほら、あいつ身内いないもんだからオレが付き添ってたんだけど。――看護師さん、婚約者来ました」

「え」

あ、もう、私……と口ごもった私のところに看護師さんがやって来て、状態を説明してくれた。怪我は大したことないけれど、頭を打っているので二日ほど様子見で入院らしい。

「あいつにしちゃ珍しいミスだよ」

病室に向かって案内してくれながら、田浦さんが呟く。

「ミス？　智樹くんがですか……」

「集中できてなかったんだってよ。最近ずっとそんなだった」

「え」

「さすがに現場出るときはスイッチ入ってたけどな。というか、前より無謀と言ってもいいくらいだった」

「無謀……？」

「無謀な救助手法。最近はその癖なくなってたんだけどな。幸いうまくいって怪我とかはなかったけど……ストッパーなくなったみたいな雰囲気で」

「田浦さん」

田浦さんは、どこまで知っているのだろう。彼はそれ以上言及せず、個室の前で手を振って消防署に戻って行った。

スライド式のドアの取っ手を握る。

やけにひんやりしている気がした。

カラカラと開くと、ベッドの上でぼうっとしている智樹くんが振り向き、目を見開く。

「芙由奈」

「……大丈夫？」

「……これ、幻覚かな。頭打ったから」

「本物だよ」

私は一歩進み、背後でゆっくりとドアが閉まる音を聞いた。

「怪我したの、集中できなかったって。私のせい？」

「……いや。俺が」

智樹くんは俯《うつむ》く。その先の窓ガラスの向こうで、大きな雪片が舞っている。

「俺が、弱かった」

「弱くないよ」

「弱いよ。……芙由奈がいないだけで、俺もう、ダメだ」

「……訓練のミスもだけど。智樹くん、強引な救助をしたって、田浦さんが」

「……他に方法がなかったから」

「本当に？」

「……」

智樹くんはベッドの上で静かに目を伏せる。

以前と変わらぬ大きな身体なのに、ひどく小さく見えた。

「ねえ」

声をかける。智樹くんは顔を上げた。

「智樹くんは、怖くないの？」

智樹くんは「何が？」と呟き、ベッドの上からじっと私を見ている。

私は眉を寄せ、胸元を摑《つか》んだ。

「あの旅館の火事で、ようやく思い出したの。お父さんが死んだとき、私、霊安室に行ったんだ」

ここ最近、時間をかけて、ようやく細部まで思い出した記憶だ。

あの日。

お父さんが死んだとき、私は遺体と対面させてもらえなかった。お母さんが泣き崩れて、田浦さんに支えられて出てきた。私はそれを冷たい廊下で、智樹くんに半ば抱きしめられるようにして待っていた。

どうして会わせてもらえないのか、わからなかった。だから、大人たちが何か話し合っている隙に、ひとりで霊安室の前に戻った。

扉は開いていた。おそらく遺体を搬出するとか、何か処置をするとか、そのためだったろう。

迷わず入って不思議に思った。

お父さんはどこにいるの。

台みたいなベッドの上に塊があった。それはまだ、焦げついたオレンジの防火衣を着ていた。

——お父さんの死因はガス爆発に巻き込まれてと聞いていた。要救助者の男の子を庇《かば》ったのだと。男の子は、私と同年代だったと。

ペットの猫を助けるために戻ったのだと——。

悲鳴を上げ続ける私を背後から抱きしめたのは、当時高校生だった智樹くんだ。

大学に進学する予定だった。なのにその年、彼は消防士の採用試験を受けた。

『見るな、芙由奈、見るな……！』

智樹くんの声は掠《かす》れて細かった。彼が泣いているのはわかった。私の喉からは耳をつんざくような悲鳴が出続けて——。

そのまま、気を失った。

目が覚めたとき、私からはすっぽりとその記憶は抜け落ちていた。お父さんの顔も思い浮かべることができなくなっていた。

だって思い出すから。焦げついたオレンジ——誰かを守るために死んだお父さん。

「か、おが」

声を震わせながら、私は今現在、目の前にいる智樹くんを見つめる。白い病室で、じっと私を見ている大好きな人を。

「お父さん、半分、顔がなかった。爆発で……ねえ、覚えてる？」

「……覚えてるよ」

「あんなふうに死ぬの」

「死なない」

「わかんないじゃん！」

私は叫ぶ。病室の中でびりびりと声が響く。

「やだ！　ねえ、どうして消防士なんかになったの。どうして火の中なんかに行くの？」

顔も名前も知らない誰かのために、どうして命をかけられるの。

「——わからん」

智樹くんは顔を覆《おお》う。

「最初は復讐だった」

智樹くんの絞り出すような声に心臓が軋《きし》む。辛《つら》そうで苦しそうな彼のもとに駆け寄りたい。

「復讐って、なに」

「赤浦《あかうら》さんを殺した炎への」

「炎への、復讐……？」

愕然《がくぜん》と繰り返す。

「そんな理由で消防士さんになったの」

智樹くんは掠れた声で「けど」と続ける。

「けど、いつの間にかそれだけじゃなくなってた」

黙って立ち尽くす私に向けて、彼は続ける。

「お前みたいになりたかった」

「私……？」

眉をひそめる。私みたいにって、何。

「命は赤浦さんに助けられた。心はお前に救ってもらった。俺も誰かを救える存在になりたいって、お前と赤浦さんに憧れてる。だから」

智樹くんは泣きそうな顔を私に晒《さら》す。

「理屈じゃない。理屈じゃないんだ、そこに誰かいると思うと」

智樹くんは顔を歪《ゆが》め、言葉を紡ぐ。

「行かなきゃと思う。たとえそこが地獄でも」

「……わかんないよ……」

私は床にへたり込み、顔を覆った。涙は出ない。理解できない。

結局、お父さんに一番縛られていたのは私だった。お父さんの死を乗り越えていないのは、私だ。

だってお父さんの話をするとき、みんな笑顔だ。太陽みたいな人だったから、自然とそうなる。お父さんの死を受け入れて乗り越えたから、笑って話せるんだ。

でも私には無理だ。とても笑えない。

あんなふうに死ぬかもしれないのに？

「お父さんのことも、智樹くんのことも、かっこいいなんて思えない」

「……だろうな。俺もそうは思わない」

「なんで、……私と別れて集中できなくなんて」

怪我するくらいに散漫になるなんて。

「俺にとって芙由奈は心臓だから」

「わかんないよ……智樹くんのこと何もわかんない……」

「ん」

智樹くんがベッドから下り、私の背中に触れる。おそるおそる、みたいな優しい触れ方だった。顔を上げると、智樹くんは泣いているような、笑っているような、そんな不思議な顔をしていた。

「どうしてそんな顔するの」

「また芙由奈に触れられたのが嬉《うれ》しくて。もう二度と触れられないと思っていたから」

私はぐっと唇を噛み、彼を真正面から見つめる。

「私のこと好きなの」

「愛してる」

「じゃあ、じゃあ」

私は顔を眺《なが》める。頬の上を涙が伝っているのがわかる。

「ちゃんと帰ってくるって約束、できる?」

「……できない、かもしれん」

智樹くんは苦しげにそう言って眉根をこれでもかと寄せる。……嘘《うそ》なんか絶対につけない。この人はいざとなれば誰かを守って私を置いて行ってしまう。

ポタポタと涙が零《こぼ》れる。

「仕事、辞めるのは？」

「……ごめん」

見開いた瞳から涙が溢《あふ》れていく。

「赤浦さんに拾ってもらった命だから、誰かが引き継がなきゃいけないんだ」

「智樹くんじゃなくていい」

「俺がそうありたいんだ。憧れだから」

視界の中の智樹くんの顔は、溢れる私の涙でほとんどよく見えなくなっている。

「前も言ったけど……芙由奈が幸せになれるように、祈《うず》ってる。でも」

智樹くんは硬く目を瞑《つむ》り、私をかき抱き肩口に顔を埋めた。

「俺、芙由奈が別の男といるの見て、耐えられるかな」

狂おしいほど、切ない声。心からの叫びだとわかる。

私は震える手で、智樹くんの広い背中をゆっくりと抱き返す。彼は背中を微かに震わせ、私を強く抱きしめ直す。

「愛してる」

「私も好き」

蚊の鳴くような声で告げると、顔を上げた智樹くんが苦しそうに私を見ている。

「私、あなたが好き。いいよ、もう、あなたのわがままに付き合ってあげる」

「……芙由奈」

「でも、許さないからね、置いて行ったら許さない。それだけ覚えててね」

智樹くんは声も出さず頷き、私の後頭部を自分に引き寄せ、強く抱きしめる。

「こんな生き方しかできなくてごめん」

私はそっと目を閉じて、彼の体温を感じる。

智樹くんの苦しい顔を見て、ようやく気がついたんだ。

お父さんが死んだとき、それ以外のたくさんの瞬間、智樹くんだって辛かったんだ。悲しかったんだ。ずっと守ってもらってたから、気がつかなかった。私は幼くて、彼に真綿に包《くる》まれるみたいにとっても優しく護《まも》られていたから。

——ううん、違う。

私は彼の背中にぎゅっとしがみつきながら思う。過去形にしちゃだめだ。

智樹くんだって、辛い。きっと、悲しくて、苦しいときもある。いつもそれを隠して、まっすぐ立っている。折れそうになりながらも、今もなお。

私は彼の心臓なんだって。

なら――そばにいよう。それしかできないけれど、ならばそれを誇ろう。できうる限り、ずっとそばにいよう。

後悔なんかしないくらい、一心に彼を愛し尽くそう。

願わくば、おじいちゃんとおばあちゃんになって〝こんなこともあったね〟と、そう笑い合えますように。

――それだけを強く願った。


改めてお母さんとお仏壇のお父さんに婚約を報告したのは、ちょうどクリスマスイブだった。お母さんは、どうやらめちゃくちゃ心配していたらしく大泣きで、アイを抱きしめてしばらくすんすんと泣いていた。

泣きやんだお母さんはアイを智樹くんに抱かせて、「待ってて」と隣室に消える。戻って来たお母さんは白い封筒を手にしていた。

「あのね、大したものじゃないんだけど。クリスマスプレゼント兼、婚約のお祝い」

「え？　い、いいのに」

「ひとり娘の婚約よ？　それも、息子みたいに可愛い智樹くんと！　お祝いくらいさせてよ～。嬉しいのよ、お母さん、嬉しいの」

お母さんはまた泣き出しながら私と智樹くんに封筒を押し付ける。

「おかあさん、ありがとうございます」

智樹くんの言葉にお母さんはまたぼろぼろと泣いた。

「ごめんねえ、本当に幸せで。お父さんも喜んでるわ」

そう言っておりんをリンリンと鳴らす。

「そ、そんなに鳴らされたら迷惑じゃない？」

「いいのよお祝いなんだもの。迷惑だって戻って来てくれるくらいじゃないと！」

私はお仏壇の写真からそっと目を逸《そ》らす。

まだ記憶ときちんと直面できていないのは感じる。いつか……受け入れられるのだろうか。

みんなみたいに。

「ね、開けてみて開けてみて」

ウキウキした様子のお母さんに言われ、智樹くんと顔を見合わせて封筒を開く。

「……スイート一泊券？」

「そうなの！　智樹くん、大晦日《おおみそか》と元旦はお休みよね？」

お母さんは目はまだ赤いまま、はしゃいで手を叩く。消防署は当然盆正月なんてないのだけれど、今年の元旦が当務日だった智樹くんは今回の年末年始、週休を当ててもらえたそうだった。

「はい、二日は出勤になっているのですが」

「それでね、駅前の外資系ホテルのスイート、年越しプラン、予約しました～！」

ぱちぱちぱちぱち～！　とお母さんは明るく笑う。私は目を瞬き券に目を落としながら、気を使ってもらったなあと思う。この間の旅行が火事で大変だったから、やり直しておいでってことだろう。

「ありがとうございます」

智樹くんもそれに気がついたのか、眉を下げて頭を下げる。お母さんは「いいのいいの～！」とお仏壇の前から立ち上がった。

「ベイエリアの年越しの花火、部屋から見えるらしいわよ」

そう言われて単純な私はすっかり花火が楽しみになってしまう。


……まさか喘《あえ》ぎながら見ることになるとは思わなかったけれど。

「ん、んんっ、あっ」

窓ガラスに押し付けられている私の眼前には、新年を迎えると共に打ち上げられた大輪の花火。口の中に指を入れられ、舐《な》めしゃぶらされながら最奥まで貫かれていた。

ベイエリアがお風呂に入りながら一望できる、さすがスイートルームなすてきな浴室。けれど、それを堪能する間もなくえっちな雰囲気になってしまって――。

外から見られちゃうんじゃと懇願したのだけれど、ここの浴室のガラスは外から見えないから大丈夫だなんて、さらっと流された。

「は、んっ、んっ」

智樹くんの太い指が口の中を撫でる。舌を摑まれ上顎を擦られ、……屹立《きつりつ》で子宮の入り口を抉《えぐ》られる快楽に歯を食いしばりたいのに、そうさせてもらえない。ただみっともなく涎を垂らしながら、舌さえ自由にできず喘ぐだけ。

「はぁ……んっ、とも、きくっ」

「ん？　はあ、可愛いな、本当に」

智樹くんは背後から私を抱きしめ抽送を繰り返しながら耳元で囁《ささや》く。脳みそまでゾクゾクするような低い掠れた声だった。

「愛してる、芙由奈。好きだ、可愛い」

「あ、ああっ、あ……っ」

腰を押し付けるように揺らされ、最高を抉られる。目の前がチカチカして、身体の芯から蕩《とろ》けるような快感のせいでうまく息ができない。自分のナカがビクビク痙攣《けいれん》して、彼のものを根本から食いしばっているのがわかった。

「は……ぁ、っ」

イってる。イっちゃってる。身体の中がうねる。

目の前で花火が弾《はじ》けた。音が同時なのは、それだけ距離が近いから。

恍惚《こうこつ》とした思考で墨染めに近い濃紺の空に広がる鮮やかな火花を見ていると、智樹くんが私の腰を掴み、ひどく収縮しているナカで彼のものを激しく抽送させる。蠢《うごめ》く肉襞を擦り上げる硬くて太い熱。ぐちゅぐちゅと聞くに堪えない淫《みだ》らな水音が花火の破裂音《はれつおん》に入り混じる。

「あ、待って、イって……っ、あっ、んっ」

「知ってる。でも芙由奈、イってるときにこうされるの大好きだろ？」

嬉しげな智樹くんの声が降ってくる。快楽に頭がくらくらして、弱々しく指先がガラスを引っかく。

腰と腰がぶつかる音と、私のいやらしい粘膜を智樹くんの屹立が擦る音に羞恥《しゅうち》でおかしくなりそう。

手から力が抜けて、私はガラスに身体を預け智樹くんに背後からただひたすら突き上げられる。

「も、無理」

達しすぎてもう思考がぐちゃぐちゃだ。高みに追いやられて、下ろしてもらえない。ずっとイってる、何か来ちゃう、おかしくなっちゃう。気持ちよすぎて涙が溢れ、頬を伝っていく。

一生懸命そう訴えると、智樹くんはゆっくりと律動を弱め、やがて動きを止める。

ホッとしたのも束の間《つかのま》、彼は私のナカにずっぽりと屹立を埋め込んだまま、私の脇の下に腕を通して、膝裏に手を入れる。

「な、なに……？　ひゃあっ、んっ」

前向きにそのまま持ち上げられた。ぐうっ……とナカの浅いところが押し上げられ、思わずつま先が跳ねる。

「あ、あんっ、やぁ……っ」

「落とさないから大丈夫」

智樹くんはやけに優しい声で私の頭にキスをして、信じられないことにそのまま歩き出した。

「あ、ああっ、んぅっ」

歩く振動で、粘膜を彼の肉張った先端がくいくい、と押し上げる。

「ひゃぅ、んっ、智樹くん」

「んー……？　あー、やばい、すげえエロいな、見る？」

智樹くんはそう言って、大きな鏡の前に立つ。反射的に目を逸らした。だって……！

「芙由奈、ほら」

智樹くんはかぷっと私の耳を噛んで舐めしゃぶる。ぐちゅぐちゅと智樹くんの舌が私の耳を舐《ねぶ》る音が脳を犯すかのように聞こえる。

「はぁ、あ……」

私の耳元でそう言って、彼は腰を揺らめかし、ずぷ……とさらに奥に屹立を沈める。

「目、開けて」

「この角度ならもう少し奥までいけそう」

彼の声は、すごく楽しそう。ぐりっと突き上げられ、私は反射的に目を開く。

「あ……」

鏡に映っていたのは、ひどく淫らな顔をした自分だった。一糸まとわぬ姿で、智樹くんに抱えられ脚を大きく広げ、智樹くんのものをおいしそうに咥《くわ》え込んでいる。

智樹くんの太い屹立は、全ては埋まっていない。彼のものはぬらぬらした粘液をコンドームの薄い皮膜に覆われた幹にまとわせ、裏筋と血管を生々しく浮き立たせているのが見える。お互いの下生えがぐちゃぐちゃに濡れそぼっているのも……。

私の最奥が切なく疼《うず》く。

「あ……」

「ナカ、うねってるけどどうした？」

智樹くんは私の首に唇を押し付けながら言う。私はもう何度もイっているのに、達しすぎて苦しいはずなのに、下腹部がキュンっと疼くのが止められない。

「う、あ、智樹くん……」

「ん？」

優しく甘い声なのに、鏡に映った彼の顔はイタズラをする子どもみたいだった。

「もっと……」

「もっと、何？」

ぐちゅ、ぐちゅ、とぬるついた水音が立つ。

花火はいつの間にか終わっているようだった。

「う、あ……っ、んっ」

「言って、芙由奈」

「奥、が」

私は羞恥《しゅうち》で頬を熱くしながら訴える。

「奥が、苦しい……っ」

「奥？」

智樹くんは私をゆっくりと床に下ろし、屹立を引き抜く。圧迫感を失ったナカが、喪失感に切なくうねる。

「この辺？」

智樹くんは私の下腹部を大きな手のひらで撫でる。こくこく頷くと、彼は低く喉元で笑う。

「そうか」

そう言っておへそのあたりを指先で弄《いじ》り、切なすぎて太ももを擦《こす》り合わせる私に愛おしそうに頬擦りする。

「お願い、智樹くん」

少し上目遣いに鏡越しに嘆願すると、智樹くんは微かに頬を緩めた。

「可愛いよな、ほんと、なんでもお願い聞きたくなる」

そう言ってひょいっと私を肩に担ぎ上げた。

「と、智樹くん？」

「歩けないだろ」

さらっと言われて、確かにもう脚に力が入ってないことに気がついた。

智樹くんは寝室のベッドに私を丁寧に横たえる。運び方は雑だったくせに……なんて思っていると、彼は私の足首を摑み大きく開いてくる。

「きゃあっ」

「一番奥、だよな？」

ギラギラした瞳と視線が合う。

ずくんと身体の奥が疼く。ドキドキと心臓が高鳴り、子宮が切なく涎を垂らす。

「う、ん」

「わかった」

智樹くんは私の脚を摑んだまま、硬く昂《たか》ぶった屹立を入り口にあてがい、そのままぐっと腰を押し付けてくる。ずるずるずると彼の熱がナカを一気に押し広げ、あっという間に最奥を押し上げた。腰と腰がぶつかる音が響く。

自分でもなんと言っているかわからない、淫らな悲鳴が溢れ出た。気持ちよすぎて、イヤイヤと首を振る。髪の毛がシーツに擦れ、しゃらしゃら音を立てた。

「はぁ、ああっ、あ、あっ」

激しい抽送に合わせ、声が勝手に出る。眉根が強く寄り、ぼろぼろ涙が出た。そんなぐちゃぐちゃな顔をしているだろう私を見下ろし、最奥まで貫き抉り突き上げながら、荒く息を吐き出して智樹くんは幸せそうに笑う。

「はあっ、可愛い、愛してる、芙由奈……っ」

どろどろに蕩けた淫らな音だけが部屋を満たす。

脚を大きく広げさせられたまま、がばっと強く抱きすくめられる。押し潰《つぶ》されるようにして、私は何度もイかされる。絶頂に腰を震わせ、半分意識を飛ばしながら、彼のものがようやく欲を吐き出した熱を感じていた。

瞼の向こうに、光を感じる。

いつの間にか眠っていたなあ、と目を開こうとして眉を軽く寄せた。

「んっ……」

なんだか、重い。重いっていうか、くすぐったい。

目を開くと、智樹くんが胸の上にいた。何も身につけていない膨らみに頭を乗せ先端を指でつまんでいる。

「ゃんっ⁉」

きゅっと少し強くつままれて、みじろぎしようとして――できなかった。智樹くんにのしかかられているからだ。

「と、智樹くん。重いよ」

すっかり明るくなった室内に目を瞬く。

「おはよ」

智樹くんはなんだか甘えているように見えた。このところ忙しかったみたいだからなあ、とヨシヨシとその短い髪を撫でる。彼は気持ちよさげに目を細め、私の乳房に頬擦りをする。

……いやまあ、なんで寝起きに私のおっぱいに顔を埋めているのかというのは疑問なんだけれど。それよりなんか、可愛いと思ってしまった。普段は大人で、しっかりしてて、クールな智樹くんが私の胸に甘えているというのがなんだかレアで、キュンとしてしまって。

「可愛い」

思わず呟くと、智樹くんは微かに口元を緩めた。

「可愛い?」

「うん」

へえ、と智樹くんは言って私の乳房をあむっと嚙む。先端ごと、大きく口に含んで……。

「あっ」

「可愛いなんて初めて言われた」

「く、口に入れたまましゃべらないで」

「何を?」

「……っ、い、いじわるっ」

ムッと唇を尖《とが》らせると、そこに智樹くんはキスを落とし笑う。

「あけましておめでとう、芙由奈」

至近距離で、精悍で端正な智樹くんにこんなふうに微笑まれると、すっかりそのかんばせを見慣れた私でもドキドキしてしまう。

「お、おめでとう」

「今年もよろしくな」

「よろしく……って、待って、そこ、そんなふうにしないでっ」

「そんなふうにって?」

「だ、だから、そんなふうに……っ、あんっ!」

智樹くんは嬉しげに笑う。前より表情がわかりやすい……と、なんとなく気がついた。

大人になって彼が表情を出さないようにしていたのは、私への感情を隠すためだったんじゃないかなって。

肋骨の奥がキュンっとして止まらない。

「智樹くん、……大好き」

智樹くんは目を丸くして、それから笑う。

昔みたいな、無邪気な男の子の微笑み方だった。

【四章】智樹

二月十三日。

バレンタインデーにソワソワするのは生まれて初めてかもしれない。

当務日の今日、俺は執務室の自分のデスクで、いつもどおりを装いながら書類を作成していた。と、肩をトントンと叩《たた》かれる。振り向くと頬に指が突き刺さった。

「………」

「やーい引っかかった、ははは」

オレンジの活動服の田浦《たうら》さんが両手を腰に当てて楽しげに肩を揺らす。

「子どもじゃないんですから」

同じオレンジの活動服の俺も、椅子《いす》ごと振り向きながら嘆息する。まったく、この人は。現場では頼りになるのに、普段は子どもみたいだ。……年々、赤浦《あかうら》さんに似てきている気がする。そんな田浦さんはニヤッと笑う。

「そんなこと言っちゃってさ。子どもみたいにチョコレート、ソワソワして待ってんの誰だよ」

う、と言いかけながら頬をマッサージする。緩んでたか。

「なーに、明日デートなんか」

「……まあ」

「よかったよな、ほんと。いつ籍を入れるんだ？」

「結局、式と一緒にしようと」

「ジューンブライドだっけ」

はい、と頷《うなず》くと田浦さんは嬉《うれ》しげに目を細めた。

「安心したわ、ほんと。芙由奈《ふゆな》ちゃんがお前から離れなくて」

心底ホッとした声で言われ、微《かす》かに眉を上げて続きを待つ。

「あの子はストッパーだよ、本当に。一時期のお前、ほんと見てらんなかった。命懸けと命を捨てるって全然違うからな、わかってるよな？」

肩を強く叩かれて、はっきりと頷く。

芙由奈に言われた。置いて行ったら許さないと——なら、全力で助けて全力で生きて帰る。それが俺にできる唯一だ。

「まあ、相変わらずめっちゃくちゃなやつ、いるけどな」

「古城《こじょう》ですか」

うちの班の四番員、特別救助隊《レスキュー》一年目の古城拓郎《たくろう》。芙由奈と同じ年だから、今年で二十五だ。消防歴自体は七年のため、そろそろ中堅に差し掛かる。実力もある、いつまでも浮き足立つような人格でもない。

「どうしたもんかな。配属されたばっかで気合入りすぎってていう期間はそろそろ過ぎてんだよなー……」

配属からしばらくは様子見もあって静観していた。まだ一年目だ。だがあの鬼気迫る様子は……？

俺も腕を組み、今も外周しているだろう古城のことを思い浮かべる。全体訓練とは別に、個人でもストイックすぎるほどストイックに訓練をしていた。俺も割とその傾向はあるけれど、古城ほどじゃない。

窓の外は晴れているというのに、雪がちらついている。

人のことは言えないが、古城のことは個人的にも気にかかる。

「……ちょっと話、聞いてみます」

「もしやサシ呑《の》み？　パワハラだあ」

田浦さんの「あ」の瞬間、俺たちはふたりで立ち上がった。ある程度、消防士なんて仕事をしていると、放送が入る直前のスピーカーの電源が入る「プツッ」という音で身体が勝手に動く。

一階に続く階段に向かって駆け出す俺たちの頭上に『出火報、消防本部より桜へ、湾岸地区〇番、製紙工場より火災の入電……』と本部からの指示内容が放送される。

階段を駆け下り冷えた車庫に飛び込む。消防車両が並ぶ一角にドアのないロッカーが並んでおり、その前にすでに消防靴に防火衣《ぼうかい》のズボンが突っ込んであるものが並んでいる。作業用安全靴を脱ぎ捨てズボンに足を突っ込めば消防靴ごとズボンも穿《は》ける。一秒を争う現場だからこその長年の知恵だ。上衣とベルトを着装しヘルメットを被り、グローブをつけ救助工作車に飛び乗る。——まあ、よほど詳しくないとポンプ車と区別はつかないと思うが。

外周していた古城もヘルメットを被りながら飛び込んでくる。こいつは四番員だから後部三人掛け座席の真ん中で伝令係だ。

隊長席である助手席には田浦さんがどっしり座っている。運転席には消防車両運転のスペシャリスト、機関員だ。

青い制服の隊員の誘導で道路に出ると同時にサイレンが鳴り響く。誘導員に敬礼をしている間に工作車は道路に出る。

「つって湾岸かー。うち現着何番かな」

「隊長に指揮執らせますよ」

消防は基本的に、最初に到着した隊の隊長が全体指揮を執ることになっている。

「おう、頼むわ」

機関員と田浦さんが話している後ろで、古城が「緊急車両通過します」とアナウンスする。

「雪積もってなくてよかったな」

ぼそりと言うと、田浦さんが「まあなー」とあたりに目をやりながら答える。

「にしても、乾燥してっからなあ。紙の工場だろ、早く消してやんねえと」

田浦さんがそう言った瞬間、無線に続報が入る。

『製紙工場の火災、火元は屋根付近』

「屋根？」

思わず復唱し、振り返った田浦さんと目線が重なる。——嫌な予感がする。

そういった予感はときどき当たってしまうもので、……まあ予感というより経験則だ。

火元は中規模の製紙工場の屋根——ソーラーパネルだった。おそらくメンテ不足で、内部の配線がショート、パネルの皮膜に引火したのだろうと思う。

「リチウムイオン電池とかどうなんだ」

「工場内の避難は済んでんのか!?」

工作車から飛び降りるなり、怒号が飛び交う。ポンプ車が次々と敷地に滑り込んできた。

一般家庭のソーラーパネルの場合、注意事項はかなりあるし感電事例もままあるものの、水での消火が可能だ。

ただメガソーラー施設やこういった工場の場合、数が多いうえにリチウムイオンを使った蓄電池が使われている場合がある。その場合、消火作業は難航する——つまり、下手をするとしばらく手を出せない。ほぼ丸一日、何もできなかった事例も耳にしていた。なにしろ光が当たっている間は、配線を切ったところでソーラーパネルは発電し続ける。

突入準備をしながら状況確認をしている矢先、天井付近で爆発音がした。黒煙がもうもうと立ち上る——蓄電池か？　天井付近が吹き飛んだ。要救助者は⁉　パラパラと舞い落ちる火花が、吹いてくる雪花と混じり冬の日に輝く。

「山内《やまうち》、古城！」

田浦さんが俺たちの名前を呼ぶ。

「行けるか？　一階、事務室内に逃げ遅れ一名」

「はい」

微かにホッとする。幸い日曜日とあって、工場自体は休みだった。一階にある事務所に休日出勤していた男性が一名、取り残されているらしい。脱出してきた錯乱状態の男性から話を聞けば、比較的手前にある部屋のようだ。

「ダクトから煙が出て、これはやばいって外に出て……でも、あいつ大事な書類だけ持ち出すって戻っちゃった」

男性の言葉に、古城がぴくっと肩を揺らした。面体という空気ボンベとゴーグルがひとつになった顔面を覆《おお》うマスクを装着する。

窓ガラス越しに見える室内は黒い煙でいっぱいだった。援護の筒先《ホース》を持った特別消火隊員二名と古城と共に突入する。火元のパネルや蓄電池ではなく、救助のための一階部分のみへの放水だ。

踏み込む瞬間、芙由奈の泣き顔が瞼《まぶた》に浮かぶ。

『置いて行ったら許さないからね』

わかってるさと口の中で呟《つぶや》いた。

芙由奈のところに生きて帰る。

入ってすぐ防火衣越しに熱を感じる。黒煙が視界を覆い、放水が蒸発し熱を孕《はら》み真っ白に烟《けぶ》る。

「田中《たなか》さーん！　消防です！」

面体越しに大声を張り上げる。要救助者に反応してもらいたいのもあるが、「声が聞こえる」「救助が来た」とわかるだけで気力が湧いてくるものなのだ——炎の中に取り残されていた幼い俺が、赤浦さんの声に力付けられたように。

『家に帰ろう！』

今も耳に残っている。

——俺もああなれたら。

突入直前に得た情報どおり、通用口を入ってすぐに事務室を発見する。この時点で全身が汗だくだった。防火衣を着ていようが、熱いものは暑い。

事務室に侵入すると、援護の放水がフォグ《広角噴霧》になる――消防ホースの放水、毎秒四百リッターが人体に当たればただでは済まない。

「田中さん！　田中さーん！」

古城が要救助者の名前を呼びながら室内へ進む。

「古城、出すぎだ！　援護を待て」

面体越しに叫《さけ》ぶが、古城は聞こえているのかいないのか、必死に身をかがめ床を探す。

煙は上に溜《た》まる。

自然と人は酸素を求め、床付近に身を伏せていることが多い。かつての俺がそうだったように――俺は同様にしつつ古城のボンベをゴン！　と叩く。無線は司令や緊急性の高い連絡のために空けておかなくてはならないため、使えない。声を張り上げた。

「古城ッ！」

「……すみません」

炎の中、聞こえるか聞こえないかくらいの音量で古城が返事をする。肩に力が入りすぎている。けれど今はそれどころじゃない。

「冷静になれ。お前が取り乱せば助かる人も助からない」

煙の中で古城が頷く。

——と、呻《うめ》き声が聞こえた。ふたり同時に首を廻《めぐ》らせ、黒い煙の向こう、事務机の横に男性が丸まっているのが見えた。

「田中さん！」

声をかけると、男性が顔を上げる。煙でほとんど目は開いていないが、こちらは認識できているらしい。

「消防です！」

「……ぁ」

男性がぼろぼろの、ぐちゃぐちゃの顔で眉を下げ笑い顔と泣き顔の真ん中の表情をする。安堵《あんど》の笑み。

要救助者が心から安心したときの、顔。

赤浦さんが取り憑《つ》かれたように救助に当たっていたのは、きっとこの笑顔を見るためだった。ふとそんなふうに思う。

「助けに来ました！　すぐに——」

古城が近づいた瞬間、俺と古城は同時にギョッとする。要救助者の背後の黒い煙の中に、炎が断片的に見える。物ではなく、煙が燃えている——フレームポケット！

煙の中で空気と可燃性のガスが混じり燃えている状況のことだ。ガスや粒子を多く含むため、黒い煙は発火する。……つまり、下手をすれば数秒でこの部屋全体が燃え上がる前触れ。

だが——と身体を動かした瞬間、古城が要救助者に駆け寄り覆い被さった。それと俺がふたりを抱えるのとは同時だった。なんで俺が古城まで抱えてんだと思うが時間がない。

ふざけんな、死んでたまるか。死なせてたまるか！

俺は芙由奈のところに帰る！

部屋からふたりを引っ張り出した瞬間、特消隊の筒先が水量ＭＡＸでフレームポケットを叩く。

はあ、はあ、はあ、という自分の呼吸音が面体の中でうるさい。どっどっと鼓動を感じる。

要救助者を抱えた古城は呆然《ぼうぜん》としていた。

——俺は舌打ちを堪《こら》える。


要救助者を救急車に乗せた頃、消火作業が本格化していた。陽《ひ》が暮れたため、本格的な放水が開始されたのだ。俺は特殊工作車の陰で古城のメットに頭突きをする勢いで詰めよる。ゴリ、とヘルメット同士がぶつかる音がする。

「古城、どういうつもりだ？　お前は要救助者と心中するつもりだったのか？　特消が後ろいたろ、フレームポケットの炎も一瞬だが消す余裕があった！　お前が取るべき行動は要救助者を抱えて特消の後ろに避難することだった！」

防火衣の首元を掴《つか》み、声を荒らげる。機関員がオロオロと「落ち着け山内」と俺の背中を叩いていたが、怒りでそれどころではなかった。

「英雄になろうとするな、古城。それはいつか人を死なせる。お前自身をもだ！」

「……山内さんには言われたくないです」

「っ、多少は強引な手法を取ることがあるのは自覚してる！　でも死のうとはしてない！　したことはない。お前は、お前はときどき」

息を吸う。呼吸が掠《かす》れた。

「古城、お前はときどき、死のうとしているように見える！」

「これしかないんです！」

古城が叫び返した。涙が浮かぶ瞳には炎が反射している。

「オレにはこれしか……！　恩を返すにはこれしか！」

「……古城？」

必死な様子に、寄せていた眉間を緩める。

「さっき助けた人が大切なものを取りに戻ったって聞いたとき、オレと重なりました。オレは、オレが連れに戻ったのは、白猫でした」

白猫。

芙由奈が抱くアイヴォリーホワイトの猫が脳裏に浮かぶ。芙由奈の優しい眼差《まなざ》しも。

そして、赤浦さんの豪快な笑顔も。

手から力が抜ける。古城が工作車に背を預けずるずると地面に座り込む。

「……中学の頃、祖父んちで火事があって。オレはペットの白猫をどうしても助けたくて火の中に戻りました。……そのせいで、オレを助けたせいで、とある消防士が……殉職しました。オレのせいで」

古城がグローブのまま顔を覆う。火事場の黒い煤《すす》汚れが頬を汚した。涙がそこを伝い、オレンジの防火衣に落ちていく。

「……要救助者が自分に見えました。それで反射的に覆い被さってました。……すみませんでした」

俺は雪花散る中、古城を見下ろしている。放水の水の粒が風に流されて頬を濡《ぬ》らした。煙の匂いが強くなった。俺はただ突っ立って、古城を見下ろし煙の臭いを嗅いでいた。


赤浦さんが殉職した火災の要救助者は、古城だった。その事実がやけに重い。

バレンタインデー、デートだったというのに上の空の俺を心配して、芙由奈は「おうちデートにしよ」と明るく俺を家に誘った。

芙由奈の部屋は、昔とそう変わらない。児童書が棚に詰まっているのは、芙由奈の趣味兼仕事のものだろう。

「お待たせ～」

俺は芙由奈のベッドに座ったままドアを見る。両手にマグカップを持った芙由奈が笑っている。その足元をアイがするりと抜けて部屋に入ってきた。芙由奈は「こら棚に載らない」とアイを窘《たしな》めつつ、ローテーブルにマグカップを置く。見ればたっぷりのココアにマシュマロが浮いていた。

「甘そ」

「バレンタインだからね」

芙由奈は言って、俺の横に座る。アイが彼女の膝に乗ってきた。芙由奈は目を細めアイを抱き上げ、額のあたりの匂いを吸っている。

その薬指には俺からの指輪が嵌《は》まっていた。

「……さっきチョコもらったのに」

「チョコは寮に帰って食べてよ」

アイは芙由奈の膝の上に丸まる。

「んー……味見だけする」

芙由奈がくれたのは、有名メーカーのトリュフチョコだった。リボンをほどき箱を開くと、横から「わあ」と芙由奈が覗《のぞ》き込んでくる。

「おいしそー」

「やっぱりお前も食べたかったんじゃねえか」

「……バレてた？」

ふふ、と手で口を押さえてはにかむ芙由奈が可愛《かわい》くて仕方ない。こめかみに唇を押し付けて、髪の毛の匂いを嗅ぐ。

「くすぐったい」

「アイの気持ちわかったろ？」

「こんなやらしい感じじゃないもん」

芙由奈がそう言うのは、俺が彼女の首筋を鼻先で撫《な》でているせいだ。アイが膝からするりと抜け出して、ベッドから下りる。

「やらしくないよ」

「やらしいよ……」

微かに蕩《とろ》けた声の芙由奈から離れ、トリュフをひとつ口に入れる。

「うま」

「本当？」

「あんまり甘くない」

「……あの、いっこください」

うるうるした瞳で俺を見上げる芙由奈の目の前で、見せつけるみたいにもうひとつ口にチヨコを入れる。

「あー」

残念そうに眉を下げる芙由奈を抱き寄せ、唇を重ねる。そうして舌先で体温で溶け始めたチョコを芙由奈の口の中に押し込む。

「んっ」

芙由奈の喉からあえかな声が上がる。そのまま彼女の口の中でチョコを味わう。芙由奈が溶けたチョコごと俺と彼女自身の唾液を嚥下《えんげ》した。お互いの体温で蕩《とろ》けていく甘み。

芙由奈の両頬を手で包み、チョコを擦《こす》り付けるみたいに彼女の口の中をさんざんに貪《むさぼ》って——お互いの身体が疼《うず》いているのがわかる。

ゆっくりと口を離す。芙由奈の口元についたチョコを舐《な》め取ると、彼女はぶるりと身体を震わせた。蕩けた瞳で俺を見上げ、芙由奈が「えっちしたい」と呟く。

俺も、と答えかけたそのとき。

「ニャア」

「わ!」

芙由奈の本棚の上で、いつの間にか移動していたアイがのんびりと鳴いた。尻尾がゆら、ゆら、とゆっくり揺れている。

「わー、アイ、見てたの、恥ずかしいな」

「ニャア」

アイは鳴いて、軽やかに本棚から下りてくる。そうして足元で俺と芙由奈に身体をしなやかにくねらせ擦《す》り寄ってきた。

「はいはい、おいで」

芙由奈は照れ隠しのように笑いアイを抱き上げ、膝に乗せる。くすぐるように撫でると、アイは甘えてゴロゴロと喉を鳴らした。

赤浦さんと古城が助けた白猫――。

「……芙由奈」

「なあに？」

「アイ、可愛いか」

「可愛いよ。え、何？　智樹くんも好きだよね？」

「……ん。でも」

喉に石を詰め込んだような気分になりながら、続けた。

「こいつがいなかったら、まだ赤浦さん……生きてたと思う」

芙由奈は目を見開き、それから「何かあった？」と首を傾げる。

「……いや」

「あった。絶対あるでしょ、これ。……でもまあ、先に答えておくとさ」

芙由奈はアイを抱き上げ、抱きしめる。

「可愛いよ。それだけは本当」

芙由奈は少し口ごもったあと、アイを抱きしめ続ける。

「お父さんについて思い出したとき、お母さんがアイを可愛がるの、なんでだろとは思った。今もよくわからない……ただ、いろいろ複雑な感情取っ払うと、この子が生きててくれてよかったって、素直にそう思ってる」

「そうか」

「ねえ、智樹《ともき》くん。何があったの。教えてくれない？」

「……考えさせてくれ」

「お願い。私たち、夫婦になるんでしょ」

じっと俺を見上げる瞳に、つい抱え込んでいた話をしてしまう。

古城のこと。

自己犠牲的な救助のこと——あいつがいかに、後悔に苛《さいな》まれているか。

芙由奈は静かに俺の話を聞き、そして言った。

「古城さんに、会ってみたい」

芙由奈と古城を会わせてもいいものか？

俺にはよくわからない。また芙由奈の精神が不安定になるんじゃないか。

でも、と思う。

古城に会いたいと言ったときの芙由奈の瞳は揺るぎなかった。

芙由奈は赤浦さん譲りの心を持つ、強い人間だ。

「古城、今いいか」

出場のない、事務だけの日勤日。執務室から廊下に呼び出すと、古城は少し怯《おび》えた表情を浮かべつつ素直についてくる。

「叱責《しっせき》するんじゃない。ただ話したいだけだ」

「……はい」

古城はやや顔色を悪くして俺を見ている。ひんやりとした廊下で、俺は「赤浦さんだろ」と口にする。

「……は？」

「お前を助けた消防士。赤浦健太郎《けんたろう》さん」

古城は明らかに動揺した。

「は、い……あの、知って」

俺は少し迷ってから口にする。

「俺もあの人に助けられたことがある」

「えっ」

「だから……同じだ。お前と」

古城は目を見開き、それから「そ」と吐《は》き出すように言った。

「そう、だったん、ですか……」

しばらく静かな廊下でふたり佇《たたず》む。難しい顔をしている古城を見ながら、慎重に口を開く。

「それで、俺の婚約者が」

「山内さんの彼女さん……ですか？」

きょとんとする古城に、やはり逡巡してから告げる。

「彼女は、赤浦さんの娘だ」

古城の顔色が一瞬で青くなる。そのまま崩れ落ちるように廊下に伏せて「すみません」と細い声を零《こぼ》す。

「すみません、すみません、すみません……！」

「古城、落ち着け。そんなもののために話したんじゃない」

「すみません、オレ、本当に、ああ……」

古城は頭を抱え、ぼたぼたと涙を零した。俺は古城の背中を軽く叩く。こいつ、もう何年こんなもん背負って生きてきたんだ。

「古城、その彼女から頼みがあるんだ」

弾《はじ》けるように彼は顔を上げ、「はい」と半ば呆然とした顔で続ける。

「なんでも構いません。なんでもします」

「なんでもはしなくていい。ただ、彼女に──芙由奈に会ってやってほしい」

古城は押し黙り、それからぐっと唇を噛《か》み締め、こくんと頷いた。


赤浦家のリビングで、挨拶《あいさつ》するなり土下座しようとした古城の脇を抱えて「落ち着け！」と眉を寄せる。予想はしていたものの、古城は真っ青な顔で目を赤くしていた。

「すみません、申し訳ありませんでした……オレが、あのとき火の中に戻らなければ」

なんとかダイニングの椅子に座らせた古城が俯《うつむ》く。芙由奈は慌てた様子で口を開いた。

「あ、あの古城さん。違うんです、その……ただ、この子に会ってもらいたかっただけなんです」

芙由奈が手で示したのは、静かに微笑《ほほえ》みソファに座るおかあさんの膝の上で眠るアイだった。

「……アイ？」

古城が呟くと、アイはゆっくりと瞼を開く。そうして不思議そうな表情を浮かべる。古城に猫らしく音もなくゆっくりと近づき、足元でしばらくうろうろしたあと、「にあん！」と鳴いて古城の膝に飛び乗った。

嬉しいのが伝わってくる。そんな動きだった。

「……覚えてるのか？」

呆然と言う古城の膝で、アイは自然と丸くなる。古城が震える手でアイを撫でる。

「どうしてここに……？　引き取られたのは知っていたのですが、まさか赤浦さんが飼ってくださっていたんですか？」

「古城さん」

芙由奈は俺と古城を見たあとに続ける。

「月並みなことしか言えないんですけど……アイは、あなたが助けた最初の要救助者です」

「……赤浦さん？」

目を瞠《みは》る古城に、芙由奈は言う。

「アイを……大切な家族を助けてくれて、ありがとうございました」

古城が瞳を揺らめかせ、息を呑んだのがわかった。芙由奈は微笑んで頷く。

「父はきっと、自分のことで古城さんが苦しむのをよしとしません。どうか胸を張ってください」

「けれど」

「古城さん」

ソファから、おかあさんがこちらを見て微笑んでいる。

「夫は、消防士という仕事に誇りを持っていました」

にゃ、とアイが合いの手のように鳴く。

「あの人は、あなたを助けたことを絶対に後悔なんかしていません。それだけは覚えていてね」

おかあさんが穏やかにそう告げると、古城は頭を下げて項垂《うなだ》れた。

赤浦さんの仏壇に焼香したあと、古城は頭を下げて帰宅した。

「……本当はね。恨んでたんだ、〝火の中に戻った男の子〟のこと。なんで戻ったのって、アイは大切に思いながらも、そんなふうに。でも」

ふたりきりになった部屋で、芙由奈は言う。

「智樹くんのおかげで、私、古城さんのことは……恨まずにすんだなって思う」

「俺？」

「そう。――最初は復讐のためだったって言っていたでしょう、消防士になったの。大学への進学もやめて、一心不乱に」

炎への復讐。最初は――そうだった。

「お父さんは、智樹くんにとってそれだけ大事な存在だったんだもんね。でも、智樹くんは古城さんの話をしたとき、恨んでも憎んでもないのが伝わってきた」

「芙由奈」

「古城さんは恨んだり赦《ゆる》したりする対象じゃないんだって気がつけたんだ。智樹くん、ありがと」

「無理してないか」

「してないよ。それに、お父さんだったら絶対そう言う」

芙由奈は静かに笑った。芙由奈が赤浦さんのことを意識的にこうして口にするのは、きっと亡くなって以来初めてだ。

ゆっくりと、十二年の歳月を経てようやく、芙由奈は赤浦さんの死を受け入れ始めていた。


以来、古城は少し落ち着いた。現場でも冷静さを取り戻したし、身体に負担がかかりすぎる自主的な訓練は減りつつある。まぁまだ少しやりすぎなところもあるが。

雰囲気も柔らかくなり、笑うことも増えた。ホッとした。自分でも思っていた以上に、古城のことを心配してしまっていたらしい。

これで一段落《いちだんらく》だ。そのはずだったのだけれど……。

俺は思わぬ自分の内面と直面することになる。

「え、いいの山内。めちゃくちゃ古城、赤浦さんちに入り浸ってるらしいけど」

ロープ登坂訓練後、訓練塔の前でロープを片付けていた俺に田浦さんが言う。俺は白いヘルメットの下から髪の毛を伝い落ちてきた汗を、オレンジの活動服の袖で拭《ぬぐ》い「どこ情報ですか」と彼を見る。

彼にはチラッと古城のことは話していた。落ち着き始めた古城のこと、田浦さんは喜んでいたけれど。

「はい、まあ、そうです」

田浦さんは赤浦家に月命日ごとに焼香に通っているので、赤浦家の内情に詳しい。

「おかあさんですか」

「絹子《きぬこ》さん」

「へ〜いいの〜?」

「何がです。言いたいことがあるならどうぞ」

「いやあ。やきもち焼きの山内くんは平気なのかなあって」

俺はまとめたロープを手に持ち、「平気ですよ」と歩き出す。

アスファルトには春めき出した日差しが影を作っている。

――本当は、全然平気じゃない。

芙由奈と古城が静かに話しているのを何回も見た。それは赤浦さんの死を共有しているだけで、色恋や性愛の絡む関係性じゃない。もっと純粋で、綺麗《きれい》で、穏やかなものだ。

なのに嫉妬している。

芙由奈の近くに別の男がいて、確かに芙由奈の心の一部を占めていると思うと、それだけで苦しい。胸をかきむしりたくなる。

そんな自分がみっともなくて、情けなくて、嫌いだ。

だから表には出さないようにしていたのに——「変だよ智樹くん」。そう芙由奈から指摘されたのは、結婚式場へ打ち合わせに行った帰りの車内だった。

「変？」

「そう、なんだか上の空。また何か隠してる？」

「してない」

「ほんとかなあ」

芙由奈はちらほら咲き始めた桜に目をやり、それから「そういえばね」と笑う。

「今年、お父さんの十三回忌でしょ。古城さんも来てくれるって」

「そうか」

「いろいろ話、聞いてるよー。古城さんも同じ寮なんでしょ？　そのうち寮を出て猫が飼いたいんだって」

芙由奈はニコニコと古城の話題を振ってくる。俺が古城を心配しているから、少しでも安心させようとしているのだろう。

確かに心配だ。

でもお前の口から他の男の名前を聞きたくないんだよ。ハンドルを握る手に力がこもる。

「それでね、古城さんが——」

「なあ芙由奈、それって今必要な話題か？」

赤信号で停止した瞬間に、苛《いら》つきが口をつく。芙由奈が目を丸くして俺を見た。

「えっ？」

「お前わかってないんだろ。俺がクソ野郎ってこと」

「智樹くん……？　え、智樹くんはそんな」

「クソ野郎だよ。自分でも引くくらい心が狭い」

俺はそう言ってウインカーを左に出す。

「……智樹くん？　どこ行くつもり？」

「ラブホ」

「ラブホ……？　な、なんで」

芙由奈が目を瞬《またた》く。俺は片手で芙由奈を抱き寄せキスをして口の中をぐちゃぐちゃに舐め回す。少し強めに唇を噛んで離れて、信号が青になると車列に続いて左折した。

「智樹くん」

口の端から微かに涎《よだれ》を垂らし、すっかり淫《みだ》らな瞳になった芙由奈をちらりと見て、俺は「嫉妬だよ」と呟いた。

「嫉妬？　え？」

芙由奈が慌てた声を上げ、「誰に？」と心底不思議そうに言う。

「古城」

「どうして」

「お前の近くに他の男がいるのが許せない。クソ心狭くてごめん。でも嫌なんだ」

「え、でも古城さんは」

「わかってるよ。全部頭ではわかってて、それでも嫉妬してんだよ」

芙由奈は目を瞬き、眉を下げる。

「それとラブホがどう繋《つな》がるの」

「お前を抱いたら、少しはこの苦しいのがマシになるかもって思ってるんだ。最低だろ?」

つい自嘲《じちょう》の笑みが零れる。

わかってる。わかってるんだ。でもだめなんだ。クソ野郎だ、それでも止められない。

芙由奈を愛しすぎて、俺はおかしくなってる。

「……苦しいの智樹くん」

「苦しい」

素直に答えた。

そっか、と芙由奈は笑って、それから小さく首を傾《かし》げた。

「いいよ、えっちしよ、智樹くん」

街の中心部から離れた、隣の市との境にあるまだ真新しいラブホテル。ラグジュアリーがどうのとか、女子会プランがどうのとかが売り文句らしいそこで、俺たちはセックスしかしてない。ミニプールも映画もドリンク飲み放題も全部無視。やけに糊《のり》がかかってぱりっとしていたシーツはもうぐちゃぐちゃになっていた。

「あ、あんっ、んんっ……！」

芙由奈が俺の首に腕を回ししがみつき、高く喘《あえ》ぐ。

「はあっ、好き、智樹くんっ、大好き」

あぐらをかいた俺に跨《また》がり、昂《たか》ぶりを身体の最奥まで咥《くわ》え込んだ芙由奈が淫らに腰を揺らめかす。自分の気持ちいいところに俺のを当てて、抉《えぐ》って、勝手にイっている。

それがやけに興奮する。

「はあっ、智樹くん、好き、好きっ……」

芙由奈はそう喘ぎ、そのまま背中を反らせた。

「っあ、イく、……っ」

びくんと身体を跳ねさせ、入り口を窄《すぼ》めてナカを不規則に蠢《うごめ》かし俺のを締め付け、芙由奈はもう何度目かわからない絶頂を味わっている。ナカだけ強くキュンキュン痙攣《けいれん》させて、身体からは力が抜けた芙由奈が俺にしなだれかかる。汗ばんだ額を俺の肩に預け、浅い呼吸を繰り返していた。

「芙由奈」

甘く声をかけると、彼女は緩慢に俺を見上げる。その目を見ながら頬を緩め、彼女の耳の下あたりをくすぐった。

「ほら、もう少し頑張れ」

「え、っ」

トロトロになった分厚い粘膜をうねらせ、肉襞を痙攣させてイっている芙由奈の尻を掴み、彼女の腰を前後させる。

「と、智樹く、っあ、んっ、イってる……っ」

「知ってるよ、気持ちよさそうで可愛い」

最奥で下がり切った子宮の入り口を俺の切先がごりごり抉る。ぐちゅぐちゅととろみのある淫らな水音が立ち、芙由奈のナカの痙攣がひどくなる。

「まっ、待って、だめ、来ちゃうっ」

「そっか、可愛い。イっていいよ」

「ちがっ、も、イって……っ、お願……っ、壊れちゃうよぉ」

芙由奈の声が半泣きになる。でもその濡れた声は明らかな甘い艶《つや》を含んでいて、善《よ》がっているのが伝わってくる。

実際、手の力を緩めても、彼女の腰の動きは変わらない。イきたくて絶頂したくて、身体

が勝手に動いているのだろう。めちゃくちゃ可愛くて健気《けなげ》だと思う。お互いの下生えが濡れてぐちゃぐちゃだった。

「ん。いいよ、壊れて」

片手で抱き寄せ、薄い背中をよしよしと撫でる。壊れて俺のそばにいて俺しか見えなければいいのに。

でもそれは俺のエゴだってわかってる。

だから、今だけは。

再び俺のを健気に締め付けてイく芙由奈をシーツに押し倒し、何度か子宮ごと突き上げもう一度イかせてから昂ぶりを引き抜く。入り口が窄まり出ていかないでとねだられているようだった。抜いた昂ぶりはグロテスクに血管を浮き立たせて疼き、着けている薄い皮膜は白くなった芙由奈の粘液でどろどろになっていた。

とろりと濡れた芙由奈の入り口は、物欲しそうにぱくぱくと痙攣している。

「まだ欲しそう」

指で入り口に触れれば、力を込めたわけでもないのに吸い付かれてナカに指が入ってしまう。

「はは、えろ……」

そのまま指を突っ込み、どろどろのそこを掻き回す。

「ふ、ぁっ、やめっ」

芙由奈が脚をばたつかせた。指を増やしてバラバラに動かすと、芙由奈は淫らで温かな水を溢《あふ》れさせ、いっそう高く啼《な》く。

「はは、潮吹いた。癖になるかもな」

「や、やだあ……っ」

ひどく煽情的に眉を下げた芙由奈から指を抜き、俺は彼女を抱き上げる。

「智樹くん？」

不思議そうな彼女をミニプールに連れて行く。誰が滑るのだか、小さい滑り台までついたその部屋は一面が全て鏡になっていた。

「手、ついて」

床に下ろしてそう言うと、芙由奈は眉を下げておずおずと鏡に手をつき、振り返って俺を見上げる。

「これいいな、芙由奈見えて」

俺はそう言い、後ろから彼女の細腰を掴み一気に最奥まで突き上げる。鏡に芙由奈の淫らな顔が写り、俺はたまらなくなってゴツゴツと突き上げた。そのたびに芙由奈の胸が揺れるのがたまらない。手を伸ばし胸の先端をつまむと、ナカがいっそう強く締まる。

「あ、ああっ、あんっ」

芙由奈の脚が震えている。付け根から垂れた粘液がつう、と太ももを伝っていくのが見えた。

「芙由奈、鏡見て」

「恥ずかし、っ」

「芙由奈」

名前を呼び、彼女の口に指を入れて前を向かせる。潤んだ瞳と鏡越しに目が合った。

「見てて。お前が誰のものか、誰に喘《あえ》がされてんのか、ちゃんと見て」

そう告げていっそう強く、腰を振りたくる。芙由奈の蕩けた粘膜をずるずる擦り上げ、肉襞をめくり、入り口から一番奥を何度も昂ぶりで往復した。淫らな本能に従い、孕もうと下がっている子宮の入り口を擦り上げ、子宮ごと突き上げる。

「あ、あ……――っ」

芙由奈の目から涙がぼろぼろと零れ落ちる。

胸の奥が急に切なく痛み、俺は背後から芙由奈を抱きしめゴツゴツと最奥を抉る。

「好き、好きだ芙由奈、愛してる……っ」

彼女を抱きしめ、ただ思う言葉を零れさせる。

「好きになってごめん、情けない男でごめん」

ビクビクと絶頂している芙由奈の肩が、快楽とは関係なく揺れたのがわかる。それごと抱きしめ直して振り向かせ、唇を重ねた。

最奥をぐりぐりと切先で抉りながら、俺はキスの合間に芙由奈にひたすら言葉を紡ぐ。

「愛してる、離れたくない、俺の。俺だけの芙由奈」

「……な、あんっ、なんで」

芙由奈は喘ぎながら舌を必死に動かす。

「なんで、私、なんかのこ、とっ」

「きっかけなんか、ささいなことだったよ。でもいつの間にかお前は俺の心臓になって、俺はお前がいなきゃ息もできなくなった」

腰を揺らめかせば、ぐちゅっと淫らに粘液の音が立つ。

「愛してる、芙由奈――やきもちなんか妬《や》いて、ごめん」

「んー……ん、私も、私も智樹くん大好き……っ」

芙由奈のナカの粘膜が強く俺を食いしばる。一番奥が肉張った先端に柔らかく吸い付き、入り口は俺の根本をぎゅっと強く離さない。

最奥を抉りながら欲を吐き出せば、芙由奈がまた身体を跳ねさせ絶頂する。

唇を離すと、芙由奈は俺の手を握り「大好き」と喘ぎ疲れ掠れた声で言う。

「大好き、智樹くん。大好き」

その言葉で、心が軽くなっていたことにふと気がついた。単純に身体を繋《つな》げたせいだけじゃなくて、芙由奈が何度も好きだと伝えてくれたからだ。

「ありがとな……」

俺は呟きながら彼女から出て、白濁をたっぷり溜《た》め込んだコンドームを捨てる。

芙由奈を抱き上げプールに入ると、なんだかひどく心地がいい。

「裸でプールって気持ちいいんだね……」

芙由奈が半分眠りそうになりながら、そんなことを言う。俺の胸に擦り寄り、甘えた仕草《しぐさ》で俺を見上げた。

「こんなふうに甘えるの、智樹くんだけだからね。昔も、今も」

「ん」

知ってる、それは言葉にならずキスになって最愛の俺の心臓に降り注ぐ。


「ちょうど古城さん、家にいるかも」

夕陽に染まる赤浦家の駐車場でそう言われ、俺は一瞬逡巡する。嫉妬は芙由奈のおかげでずいぶんマシになっていたけれど、赤浦家で笑う古城を見たらまたいらん感情を抱きそうだった。

「あんまり智樹くん、古城さんが家にいるの見てなかったよね」

「まあ、な」

「こっそり、見てみて」

こっそり？

俺は不思議に思いつつ、芙由奈に続き家に入る。リビングのドアの隙間から、芙由奈の言うとおり仏壇の前を見て、俺は不思議な安堵に包まれた。

古城は仏壇の前で、静かに微笑みアイを膝に乗せ撫でている。

「乗り越えたんだな」

ぽつっと言葉が出た。

そうか、古城、乗り越えたんだな。ずっとあいつを縛っていた赤浦さんの死から。

きっとあいつのことだから、背負って生きていくのだろうけれど。

でも、背負うのと背負わされるのは、きっと全く違うことだから。

「……古城さんにね、お父さんのいろんな話したの。それから古城さんの消防のお仕事なんかについてもね」

芙由奈はぽつりぽつりと言葉を紡ぐ。

「本当は、わかってる。死に意味なんかないってこと。でもね、心のどこかで――お父さんがああして古城さんを守ったのは。いろんな人を守っていたのは」

一度言葉を切り、芙由奈は細い指で俺の手を握る。

「お父さんは誰かの未来を守っていたんだって、最期までそうやって生きたんだって、そう思った。ありがとうね、智樹くん。古城さんに会わせてくれて」

顔を見れば、芙由奈は穏やかな笑みを浮かべていた。

「お父さんが守り切った古城さんに会えて、今を生きている彼に会えて、やっと……私、お父さんが死んだこと納得できた」

そう言って芙由奈は目を伏せる。泣いてはいない。ただ、静かに、彼女は赤浦さんの死を受け入れた。そうしてようやく、ひそやかに、ぽたんと涙の粒を零す。

強いな、と思う。芙由奈は強い。

俺も強くありたい。強い彼女に相応《ふさわ》しくあるために。

夕陽で真っ赤に染まる廊下で、俺たちは手を繋ぎ合っている。そのまま黙って、芙由奈が泣きやむのを待つ。

ふと、ふわりと風が頬を撫でる。窓なんか開いていないのに？　疑問に思い顔を上げると、窓の外で咲きかけの桜がほんの少し、手を振るみたいに、揺れた。芙由奈が生まれたときに植えたのだという、ソメイヨシノだ。

夕陽に照らされ、オレンジ色に染められたピンクの花弁が、もう一度揺れて、止まる。

それが〝じゃあな〟と手を振っていたみたいだと——俺は、そんなふうに思った。

【エピローグ】

「田浦《たうら》さんからお食事に誘われたのよ。何かしらねえ」

のんびりとお母さんが言う。私は「いいじゃん、行って来なよ」と笑った。

田浦さんなりに、行動を始めたらしい。

古城《こじょう》さんは前よりうちに来る頻度が減った。アイのことは気になるみたいだけれど、彼なりの線引きだろう。智樹《ともき》くん情報によると、後輩ができて張り切っているらしい。笑顔も増えたそうだ。

時間は進んでいく。

私たちは生きているから。


迎えに来た田浦さんとお母さんがお食事に出るのを庭で見送って、アイを抱っこした私はひとりでくすくすと笑った。

「田浦さん、カチカチ。緊張しすぎ」

庭の桜はすっかり散って、今は新緑を五月の日差しに輝かせている。私はなんとなく庭でそれを見上げる。雪の降る日、ここで智樹くんと初めて会ったなあなんてことも思い出した。木漏《こも》れ日が眩《まぶ》しい。

アイを家に入れてから、庭で育てているマリーゴールドを少し鋏《はさみ》で切って、小さな花瓶に生ける。

オレンジ色が、目に鮮《あざ》やかだ。

それをリビングにある仏壇にお供えして、おりんを鳴らす。チン、といい音がした。

「お父さん。お父さんを忘れたわけじゃないんだよ」

ぽつりと呟《つぶや》く。写真立ての中で、オレンジ色の活動服のお父さんは笑っている。

瞼《まぶた》にべっとりと張り付いていた焦《こ》げたオレンジが、ゆっくりと鮮やかな色へと移り変わった。

「お父さん」

声が震えた。

「お父さん、大好き。お葬式のとき、嫌いなんて言ってごめんね」

ぼろぼろと泣きながら私は写真立ての中で笑うお父さんの顔を見る。太陽みたいだった、大好きなお父さん。

「ごめんなさい、大好き、ごめんなさい……！」

座布団の上で身体を震わせていると、ふと大好きな温もりに身体が包まれる。

「……、智樹くん」

いつの間にか、智樹くんが来ていた。彼は私を見て優しく微笑《ほほえ》み、きゅっと抱きしめてくれる。

「赤浦《あかうら》さんは芙由奈の気持ち、全部わかってたよ」

智樹くんはやけに確信的に言う。不思議に思いながらも、大きな手で後頭部を撫《な》でられ、胸がいっぱいになって私はまた泣く。泣きじゃくる。

お父さんが死んだことは、受け入れられた。そうすると、今度は進んでいくことに罪悪感を抱いてしまう。それでも進まなきゃとわかっているのに、苦しくなる。

「赤浦さんはさ」

すがりつく私を赤ちゃんみたいにあやしながら、智樹くんは言葉を続ける。

「ものすごく自己犠牲の塊みたいな人だったけど。あれはただ、周りに笑顔でいてほしかっただけなんだと思う」

「笑顔……？」

「みんなのことを命懸けで守ってしまうくらい、人間が大好きな人だった。でも一番愛してたのは、お前のことだと思うよ。だから、芙由奈」

智樹くんは私の頬を包み、眉を下げて笑う。

「赤浦さんには、笑ってやってくれ」

「——智樹くん」

「俺が何があっても、お前を幸せにするから。守るから——笑ってくれよ」

ゆっくりと目を瞬《またた》き、私は一生懸命、頬を上げる。

智樹くんは私のぐちゃぐちゃになった笑顔にそっとキスを落とすと、お仏壇に向き直る。

私の肩をぐっと抱き寄せ直し、真剣な顔をして言う。

「赤浦さん。……おとう、さん」

私は小さく息を呑《の》み、彼を見つめる。

「おとうさん。俺が芙由奈を守ります。大切にして、慈しんで、一緒に生きていきます。俺も、必ず芙由奈のところに帰ってきます。だから」

智樹くんは私をチラッと見たあと、また写真のお父さんにまっすぐに視線を向けて続ける。

「だから、芙由奈さんを俺にください」

「——智樹くん」

智樹くんはふっと息を吐《は》き出して、私を優しく見下ろした。そうしてぎゅうっと私を抱きしめる。かき抱くような、抱きすくめるような、そんな抱きしめ方。

私も彼を抱きしめ直す。彼の息遣いが聞こえる。遠くで鳥の声がする。

顔を上げる。そっと唇が触れ合い、離れた。どちらともなく微笑み合う。

涙でぐしゃぐしゃの顔で、ふたり、抱きしめ合って、笑い合う。

もう一度、唇が重なる。分け合う体温に、心がどんどんほどけていく。

「智樹くん、愛してる」

幸せだな。

素直にそう思ってそう言葉にすると、智樹くんはとても幸せそうに、ふわりと笑ってくれた。子どもの頃みたいな、とても無邪気な微笑み方だった。

【それからのお話】

「あちちちち、でもおいしい！」

はふはふと小籠包《しょうろんぽう》を頬張る私を、智樹《ともき》くんがじっと見ている。

——台湾《たいわん》、台北《たいほく》にある小籠包専門レストラン。私はおいしいアツアツの小籠包を口に入れ、じっくり味わいながら結婚したばかりの夫の視線に首を傾《かし》げた。それにしたって、たっぷりのスープとジューシーな餡《あん》がたまらない。

「智樹くん、どうしたの？　あー、ちょっと口の中、火傷《やけど》しちゃった……」

「まあそりゃそうだよ。お前、食べ方間違ってるもん」

智樹くんが淡々と言う。

「……へ？」

私は目を瞬《またた》き、目の前でレンゲを持つ智樹くんを見つめた。智樹くんはレンゲに載せた小籠包の皮を破り、スープをレンゲに出してから食べている。

「え、なにそれ」

「書いてあるだろ」

智樹くんが目線をお店の壁に貼られたポスターに向ける。観光客向けだろう、日本語と英語、韓国語で小籠包の食べ方を図入りで説明されたものだった。智樹くんがやったとおりの食べ方が図説してある。

「えっ、待って」

レンゲを取り落としそうになりながら智樹くんに視線を戻した。

「私、ずっと一口でパクっと食べるものだと」

「なんでだよ、熱いだろ」

ふは、と笑いながら智樹くんが目を細めた。

「だ、だって。小さい頃、お父さんがこう食べてたんだもん」

「あの人はなんでも一口で食ってただろ」

「うっ」

そう言われると、ぐうの音も出ない。私は図説のとおりにして、ふたつめの小籠包を食べる。うう、おいしいし食べやすいよう……。

「そ、それにしても。智樹くん、入賞おめでとう」

私はなんだか照れくさくて話題を変えつつ微笑《ほほえ》んだ。智樹くんは「ああ」と上品な仕草《しぐさ》で小籠包を食べつつ微《かす》かに眉を寄せた。

「優勝狙えたんだけどな、一瞬だけ判断遅れた」

「そうなんだ」

智樹くんがそんなふうに言うってことは、他のチームの練度が相当高かったってことだろうな。

そもそも、今回私が台湾に来たのは、智樹くんの応援のためだ。

実は年に一回、消防のロープワーク世界大会が行われている。日本でも開催されたことがあるらしいけれど、今回の舞台は台湾だ。台湾消防のロープワークは世界トップレベル、さらにアジア最大の訓練施設もあるということで選ばれたらしい。そこに日本からも数チームが派遣されており、智樹くんは県代表に選ばれた。

大会は全部で昨日まで、合計四日間。今日は休養日で、明日はこちらの消防署を表敬訪問したあと、明後日帰国だ。私は今日の夜の便に乗るため、それまで智樹くんと観光することになっていた。疲れてるでしょ、と言ったけれど『別に』とのことだったのでお言葉に甘えてしまった。とはいえ、ランチと台湾茶カフェくらいののんびり観光だ。

「そういえば、初めて智樹くんの訓練ちゃんと見たかも」

そう呟《つぶや》きながら、昨日のことを思い返す。

◇◇◇

「わー、おっきい」

私はぽかんとダムを見下ろし感嘆の声をあげた。

四日間にわたって開かれるこの大会の最終日の舞台は、台北から少し離れた山中にあるダムだった。ここに人が転落したという想定のもと、ロープで救助をするらしい。

昨日まで、遊園地のアトラクションが停止したという状況設定や、ビルから負傷者を下におろす想定など、素人の私から見ても明らかに大変そうだなと思う訓練が行われていた。

「それにしても、智樹くんってすごい人だったんだなあ……」

ダムのすぐ近くにある観覧席で、私は双眼鏡を片手に独りごちた。停止したジェットコースターにスイスイ昇っていって、負傷した想定の要救助者をオレンジ色の担架に固定してするする地面に下ろしたのだ。命綱をつけているとはいえ、平気そうすぎる。高いところが怖くないのかと思いきや、聞いてみれば『怖いに決まってるだろ』という答えが返ってきた。

『でもそういうのって、びっくりするくらい伝染すんだよ。消防学校でみんな経験するんだ、ひとりビビると班全体が萎縮する』

『そうなの？』

『仲間にも、要救助者にも伝わる。だから隠すんだ、要救助者とチームのために』

なんだか目から鱗《うろこ》だった。

『大変なお仕事だよね』

『なんだよ改まって』

ふ、と目を細める智樹くんが一番かっこいい気がする。でもきっと、応援しているみんな、自分の家族が……それぞれの夫だったりお父さんだったり、娘さんだったり（女性のレスキュー隊員さんも参加している。なにしろ狭いところに入ったり登ったりは小柄なほうが有利なようだ）が一番かっこいいと思ってるはず。

周りは関係者やマスコミの人が多い。どうやら現在、トップを台湾と日本の二チーム、それからスウェーデンが争っているらしい。

「あ、次かな」

智樹くんたちのチーム名が呼ばれ、私はソワソワと双眼鏡を手にする。日本のテレビ局らしき人たちもカメラを回し始めていた。

「あのさ、一台、彼だけ追っててよ」

「彼って？　ああ、山内《やまうち》消防士」

急に夫の名前が呼ばれてびくっとする。こっそりクルーに目をやれば、ディレクターさんらしき人がダムの崖みたいになっている横岸で準備をしている智樹くんたちを見ている。

「そうそう山内くん。彼イケメンだからさ、画面映《ば》えするし」

内心、ムッとした。確かにかっこいいけど、でも智樹くんはそんなことで選ばれたんじゃない。実力も気概もある人なんだ。

と、唇をこっそり尖《とが》らせていると、ディレクターさんは続けた。

「あと彼、ロープ技術が今大会トップレベルなんだってさ。やっぱそういうの収めたいじゃん？　手元とか中心に追ってて」

「了解でーす」

私は内心「……わかってるじゃん」と矛を収めた。智樹くんが頑張っているのは要救助者を助けるため。だから大会云々《うんぬん》とかトップレベル云々じゃないんだけれど、それでも彼が認められるのは嬉《うれ》しい。

「今大会トップレベルってことは、世界でも智樹くんすごい人なんじゃない？」

小さく呟いてから思い出した。……あの人、そんな技術で私のこと縛ってたわけ？

ムッと眉を寄せつつ、頬が熱くなる。以前、婚約指輪をもらった旅館で、彼はリボンで私の手首を縛ったのだ。

そんなすごい人に縛られて、ほ、ほどけるわけないじゃん……っ。

まあ、あのあといろいろあって、ありすぎて、すっかり忘れていたけれど、そんな技術を変なことに活かさないでほしい……！

やがて始まった救助競技、私にはわからないロープさばき……と呼んでいいのかどうかわからないけれど、とにかくそう言ってしまうくらいすごかった。そのまますするする崖下に下りるのではなく、対岸にロープを渡して簡易ロープウェイみたいにして、救助した要救助者を担架に乗せて運ぶのだった。

「はあ、よくわかんないけど鮮《あざ》やか……！」

感嘆して見惚《みと》れてしまう。智樹くんは要救助者が崖上に上がったのを確認してからロープを伝って崖の上まで上がって――その姿に思わず息を呑《の》んだ。

綺麗《きれい》だと思った。智樹くんだけじゃない、同じチームの……いや、ここに参加している消防士さんだけじゃなくて、他の大勢の、消防士さんみんなが。

誰かのために懸命な姿は、とても崇高で美しいのだと。

◇◇◇

「どうした、さっきから神妙な顔して」

「んーん。なんかね、気持ちを新たにしたっていうか」

私は小籠包をごくんと飲み込んでから答え、智樹くんに笑いかける。

「ありがとうね、智樹くん。いつも頑張ってくれて」

「……？　おう」

不思議そうな智樹くんに、昨日感じたことをそのまま告げるのはなんだか気恥ずかしくて、私は笑って首を傾《かし》げる。

「それにしたって、智樹くんロープ得意なんだね」

「まあな」

「もう、その技術を変なことに使わないでよ」

照れ隠しついでに、変なことを口走ってしまった。智樹くんは「ん？」と目を瞬き、それから思い出したように頷《うなず》いた。

「いや、使うけど」

「淡々と言わないで……！」

ぶんぶん首を振ると、智樹くんは肩を揺らして笑った。揶揄《からか》っただけらしくてホッとする。

そうだよね、智樹くんそんな変態さんじゃないもの。

「そういえば、お母さんと田浦《たうら》さんへのお土産、何にしようかな」

「台湾茶って言ってなかったか」

「うん、でもさ、なんかこう、ちょっとお揃《そろ》いのものでも」

私は小さく笑う。お母さんたちは、どうやら付き合うか付き合わないかくらいの甘酸っぱい展開をずっと繰り返している。

「自分のお母さんのことだけど、なんかもどかしくって！」

「まあな」

ふ、と智樹くんはグラスの水を飲みながら頬を緩める。

「ふたりとも、やっぱりお父さんのこと気にしてるのかなあ」

「まあ、おとうさん、成仏してるけどな」

「智樹くん、いつもすごい確信的に言うよね、それ」

「ん」

智樹くんは目を細め、じっと私を見る。

「な、なあに」

「あの人、ずっとお前のこと心配してたから」

智樹くんにそう言われると、なんだかそんな気もしてくる。

「結婚したから安心してくれたかな」

「多分な。あとは俺がお前泣かせなきゃいいだけ」

さらっと言って、智樹くんは「さて」とテーブルを見た。

「なんだっけ、豆腐食べにいくか」

「豆花《トウファ》！」

私はスイーツの名前を訂正しながら席を立つ。智樹くんは私の手を握りながら「俺も欲しいな」とそっと耳元で囁《ささや》く。

「な、何を？」

「お揃い」

私は目を瞬き、えへへと微笑む。

「智樹くんも結構、新婚気分じゃん～」

「そうそう、新婚なんだよ」

そう言った智樹くんがなんだか企んだ顔をしていたのを、私はすっかり見過ごしていた。

あんなこと照れ隠しにでも言わなきゃよかった。ていうか、そもそも「使わない」って雰囲気だったじゃない……！

「な、何これ何これ待って智樹くん、変だってこれぇ……っ」

私は自宅のベッドの上で両手両足を縛られたまま半泣きで文句を続ける。

「こんなの絶対、だめ。破廉恥《はれんち》。えっち、変態！」

変態さんじゃないと思っていたのに！

「はは、すっげー褒めてくれるじゃん」

褒めてないもん！　私は涙目で彼を睨《にら》んだ。

智樹くんは私と押し問答ののち、『……じゃあ一回だけね』と私を縛る許可を得ると、嬉々《きき》として私を裸にして両手両足を縛った。……台湾で買ったお土産で！

台湾は可愛《かわい》いデザインの雑貨が多い。そんな文房具や雑貨を揃えたお店で、可愛らしく手触りのいいリボンを見つけたのだ。

可愛いと騒ぐ私に『買ってやる』とやけに優しく言った彼は『じゃあ俺もお揃いで買おう』と、そのリボンを色違いで買ったのだ。なんに使うのかと思っていたら……！

ちなみにお母さんたちにはお揃いの恋愛のお守りにした。めちゃくちゃ効くそうです。

……それはそうとして、と現状に意識を戻す。恥ずかしすぎて思考が斜めに飛んでいた。きっちり結ばれた手脚は、到底ほどけそうにない……。

そもそも〝私を縛る許可〟自体、意味がわからないのだけれど、問題は縛り方だ。

右手を右足首と、左手を左足首と縛っているのだ。完全に身動きが取れないし、膝が曲がっているから大事なところが丸見えだ。私は脚を重ね、つま先を伸ばし必死にそこを隠そうと四苦八苦している。

「思いつきだったけどこれ、いいな。エロいな」

智樹くんは満足げに頬を緩め、それどころか謎に得意げですらある。誰に対して得意げなの……⁉　智樹くんは本当にワクワクした顔をしながら服を脱ぐ。

「と、智樹くん」

「なに」

「これは、えっとその、やりすぎなのではっ、ひゃんっ」

ふ、と脚の付け根に息を吹きかけられ、つま先を跳ねさせた。

「芙由奈《ふゆな》。縛るしかしてないのにここ濡《ぬ》れて溢《あふ》れさせてんの、さすがに説得力ない」

「う、うう、そこは言わないお約束でしょう……やんっ」

膝を摑《つか》まれガバリと広げられ、舌をちろっと伸ばされてつい反応してしまう。

「やだあ……っ」

「やだって思ってる人間の反応かよ、これ」

揶揄《からか》う口調で言われ、一切反論できない。だってそのとおりなんだもの……！

なんで私、こんなふうに反応しちゃうの、気持ちよくなっちゃってるの、期待しちゃってるの……っ。

「あーあ、すっげー欲しそう。かわい」

大きく広げられた脚の間から、陶酔した感じの智樹くんの顔が見える。精悍《せいかん》な顔立ちが蕩《とろ》けている。

「と、智樹くんって変態なの」

せめてと口で攻撃してみた。

「ん、多分な」

あっさり認められ、脚に頬擦《ほおず》りされる。

「なあ芙由奈、『この変態』って言ってみて」

「え」

私はぽかんと目を丸くした。智樹くんはじっと私を見ている。こ、この変態……!?

「頼む。なあ俺、大会頑張っただろ？　休日返上で練習までして」

私はグッと息を呑《の》んだ。それを出してくるのはずるい……！

だけど頑張ったのは本当だし、何か労《ねぎら》いたいと思っていたのも本当だ。

で、でも。それが「この変態」っていう言葉でいいの、大丈夫なの……？

逡巡している間にも、智樹くんは目線を逸《そ》らさない。

「う、うう……」

私はためらう。けど、仕方ない。あんなに頑張った智樹くんがそれを求めているのだから。

「っ、こ、この変態……っ」

思い切って口にした。智樹くんは目を瞬き、あっさりと口を開く。

「悪い、そうでもなかったな」

「ひ、ひどい。いじわる」

変な台詞《セリフ》言わされたのに！　半泣きで彼を睨《にら》むと、智樹くんは目を細めた。

「ああ、そっちのほうが興奮する」

興奮って、と唇を尖らせかけた瞬間、脚の付け根にむしゃぶりつかれる。

「っあ、あああっ」

ぐちゅぐちゅと、私に聞かせるためだろう、わざとらしく大きな音を立てながら舌で肉芽を潰《つぶ》し、割れ目を舐《な》め上げ、激しく貪《むさぼ》る。

「ふ、あ、ああ、だめ。ナカ、なめちゃ、あっ、あんっ」

ナカの浅いところを、彼の舌が這《は》い回る。襞に舌先を擦《こす》り付けてくる彼の熱い呼吸が当たり、なんだかそれが恥ずかしくてたまらない。

「ね、も、やめて……」

智樹くんの頭を押して引きはがしたい衝動に駆られる。だってあまりにも淫《みだ》らで恥ずかしいことをされてる……！　なのに手は動かせないし、それどころかほとんど身動きが取れないしで詰んでる。というか、そのはずなのに勝手に腰が浮いて、気持ちいいところに当てようとしている有様だ。身体がふしだらに反応して……！

「あ、ああっ」

「はー……えっろ」

智樹くんは口を離し、手の甲で口元を拭《ぬぐ》いながら目元を和らげる。

「かわいそうな芙由奈。俺と結婚なんかしたからこんな好き勝手にされてさ」

全くかわいそうと思っていない口調で智樹くんは言い、私のナカに中指をぐちゅっと捩《ね》じ込んだ。

「は、ああ……っ」

ナカの粘膜がうねって彼の指に悦《よろこ》んで吸い付く。

「はあ、ああ、あ……」

息にすら声が混じる。指をたった一本受け入れただけで、こんなふうになっちゃうだなんて。

「もうナカがトロットロでふわふわしてんだけど。はは、芙由奈縛られんの好きだな。変態」

大興奮しててんじゃん、と智樹くんは満面の笑みを浮かべた。否定したいのにできない。悔しいけど、気持ちよくてたまらない……。

そのまま彼は中指で肉芽の裏側を擦り上げる。そのたびに、ぐちゅぐちゅとあられもない水音が立つ。トントンとそこを指の腹で優しく刺激されるともうダメで、私はいとも簡単にあっさりとイってしまう。

「あ、っ――……」

私は動かせない脚を必死でばたつかせ、腰をくねらせ快楽に耐える。

「ほら、逃げんな」

智樹くんは身体で私を押さえつけるようにして、指で私のナカをさらに弄《まさぐ》る。

「うう、う、っ」

半泣き状態で唇を噛《か》むと、なだめるようにキスをされた。同時に指がぐぐっと奥に進む。最奥に彼の長く太い指が届き、私はひどくみっともない高い甘えた声を上げ頤《おとがい》をそらした。

「これ子宮？　はは、かわい。もう下がってきてる」

智樹くんはぐりぐりと奥を指で苛《さいな》む。そのたびに私は涙を溢れさせ声を上げた。

彼がようやく指を抜いてくれたのは、その指が三本に増やされさんざん喘《あえ》がされてイった頃だった。もう力が入らず脚を閉じる余力すらない私に、彼は屹立《きつりつ》をあてがう。赤黒く肉張った先端から、とろりと露が溢れ、太く硬い幹には血管が浮き出ている。

「挿《い》れていいか？」

そこだけは優しく確認され、こくんと頷《うなず》くと、一気に最奥まで貫かれる。

「あ、あああああ……っ」

私はそれだけでイってしまって、もうビクビクと身体を跳ねさせるしかできない。

智樹くんは笑って私の頭の横に手をつき、ごちゅごちゅと激しい抽送を始める。イってるのに、休ませてもらえない。ぎゅうぎゅうとナカの蕩けた肉が彼の熱を締め付け、肉襞が蠢《うごめ》き吸い付く。達したそこは間断なくうねっているのに、敏感なそこをさらにずるずる擦り上げられて、絶頂から降りてこられなくなる。

「は、ああ、あっ、あんっ、あっ」

彼が動くたびに言葉がまろび出る。イってる、イってるの、と舌足らずに伝えるけれどどうやら逆効果だったみたいで、智樹くんは嬉しげに私を見下ろしながら腰の律動を速める。

腰と腰が当たる音が淫らに響く。

「あ、っ、智樹く……激し、っ、はあっ、んっ」

目の縁《ふち》が熱い。自然と涙が溢れ、絶え間ない絶頂感に目の前が霞《かす》む。

「ああ、あ、あ……！」

入り口が窄《すぼ》み、彼の根本を締め付ける。孕《はら》もうとする本能が身体を自然とそう反応させている。

「は、……芙由奈、ナカすご……俺の溶けそう」

気持ちいい、と智樹くんが掠《かす》れた声を出す。最奥の、子宮の入り口を先端でごりごりと抉《えぐ》られる。悲鳴のような嬌声《きょうせい》が出た。

「やあっ、智樹くん、だめ、来ちゃう、何か……っ」

私はつま先を丸め、下腹部が痙攣《けいれん》しているのを感じる。

「変、になる、なっちゃうっ、あんっ、壊れちゃう、っ」

「ん、大丈夫、ほら、きもちい」

智樹くんが急に甘い甘い声を出してぐりっとさらに突き上げるから——大きな波に耐えようと奥歯を食いしばっていた私は耐えられず、温い水を溢れさせ腰をがくがくと揺らした。

「あ、ああ……」

「はは、すっげー潮」

智樹くんは前髪をかき上げ、楽しげにしながら手脚を縛っていたリボンの先端を指でつまむ。一瞬でするり、とほどけて目を瞬いた私の額にキスが落ちてくる。

「こ、んな簡単にほどけるの……」

「ほどけないやつがいい？」

私が慌ててぶんぶん首を振ると、智樹くんがケタケタと笑った。

結婚してから、こういう、思い切り笑う彼の姿を見ることが増えた気がする。……いいことなんだろうけど、ほとんどがエッチ中なのはどうして。

智樹くんは私のナカに屹立を埋め込んだまま、私を抱きしめるように抱き上げ、自分はあぐらをかいた。向かい合って座る形で、また身体を揺さぶられる。

「あ、智樹くん……」

きゅっと逞《たくま》しい身体に抱きしめられ、不思議なくらいの安心感に包まれた。好きという感情が溢れて止まらなくて、彼の広い背中に腕を回し甘えて肩口に擦《す》り寄りながら「大好き」と繰り返す。

「大好き、智樹くん、っ、大好き……！」

は、と智樹くんが荒々しく息を吐《は》くと、私の顔を覗《のぞ》き込み、きゅうっと眉を寄せる。

「それずるい、芙由奈、んな顔されたら可愛すぎて死ぬ」

そう言って彼は私をシーツに再び押し倒し、ずる……と長く太い昂《たかぶ》りを引き抜く。抜けていく間も肉襞をめくるように擦られ、私は「ああ」と高く啼《な》いた。

「あー、くそ、芙由奈愛してる」

彼はそう言って私をくるりとうつ伏せにし、一気にナカに突き入ってくる。濡れ蕩けた肉を広げられ、肉襞を先端で擦り上げられる快感。

「あ、ああっ……っ」

最奥をごちゅっと力強く突いたかと思うと、すぐに腰を引く。抜けていく昂ぶりに追いすがるように自分のナカが蠢いた。抜け切る寸前で、智樹くんはまた一気に最奥を突き上げる。声も出なかった。私は枕を抱きしめて、生理的な涙を流す。吸い込まれていく涙の冷たさを感じたのは一瞬で、激しい抽送にもうわけがわからなくなっていく。

「好き、好きだ芙由奈」

ひどく荒い、掠れた呼吸と声に、彼も気持ちいいのだと感じる。

私の背中にのしかかり、頭を抱えて私を突き上げながら、智樹くんは何度も私の名前を呼んだ。彼の上半身が私の背中にぴったりとくっついているから、彼の鼓動も温かさもはっきりとわかる。私はもう声もほとんど出せずに絶頂しながら、彼の屹立を締め付けた。うねり、痙攣するナカで、智樹くんのがいっそう硬く太くなる。

「くそ、なんでそんなにいちいち可愛いんだよ……っ」

ぴったりくっついた背中で、彼の筋ばった下腹部にぐっと力が入るのがわかった。──彼もイきそうなのだとわかる。最奥に擦り付けるような動きをしながら、彼は「出、る」と私の頭の横に肘をつき上半身を起こした。

そうして腰を大きな手で摑み、力強く腰を打ち付けてくる。猛々《たけだけ》しい硬い昂ぶりが、私のナカをずるずる動いて引っかく。

内臓ごとめちゃくちゃにされるような動きに、私は半分悲鳴のような嬌声を漏らしながら彼のものを食いしばる。入り口が窄まって、ぎゅうっと甘えて媚《こ》びるようにナカが蠢いた。

「は、ぁ……っ、芙由奈……」

智樹くんのものが別の生き物みたいに拍動した。ナカにじんわりと出ている彼の欲、それを全て吐き出そうとするゆるゆるとした動き。

彼が零した声が本当に気持ちよさそうで、私は嬉しくなる。嬉しくなるけれど、イきすぎたせいだろう、体力の限界だった。

瞼《まぶた》が閉じていく。智樹くんは私の顔を覗き込み、とても幸せそうに目を細めたあと、そっと私の目元にキスをした。

「おやすみ、愛してる」

甘ったるい声に、心臓がキュンとする。なんていうか、すっごく甘やかされるから、私……一生智樹くん離れできないんだろうなあ。

する気もないし、しようとしても絶対に止められちゃうんだろうけどね。

【その後のお話】智樹

愛娘《まなむすめ》、もうすぐ四歳になる夏奈《なつな》が通う幼稚園の園庭。初夏の日差しを浴び、濃い朱《しゅ》色のポンプ車がきらりと輝いた。いつも乗っているレスキュー作業車でないのには、理由がある。今日は日勤日で、市内の幼稚園を回っての防災啓発活動に駆り出されているのだった。

「はーい、それではみなさん。消防士さんから、火事になったときのお話を聞きますよ」

教諭の声に、さっきまで大騒ぎしていた子どもたちが「はあい」と返事をする。俺はそれを眺《なが》めながら目を細めた。

……正直なところ、少し前まで、俺は別に小さい子がそこまで好きじゃなかった。まあ特段嫌いというわけでもなかったけれど、せいぜいが消防車を見に来る子どもたちに軽く手を振る程度だ。消防車が好きな子どもというのは一定数いて、大交代での点検なんかを遠巻きに飽《あ》きもせずワクワクと眺めているのだ。

子ども好きの隊員は話しかけにいったり、消防車の前で写真を撮ってやったり、場合によっては運転席に乗せてやったりしていた。俺としては仕事でもないのによくやる、と思っていたけれど（まあ市民へのサービスではあるのだろうが）、今なら気持ちがわかる。娘が生まれてから、特に娘と同年代の子どもはとても可愛《かわい》く思えるようになったのだ。

俺も変わったのだろう。

消防ポンプ車を見つめる子どもたちのキラキラした視線につい頬を綻《ほころ》ばせてしまいつつ、今年でレスキューの隊長としては引退、来年には別の隊へ異動になる田浦《たうら》さんの声を聞く。

「はい、みなさんこんにちはー」

こんにちはあ、とあどけない声の合唱に、俺の横でオレンジの活動服の古城《こじょう》が「可愛い」とぽろっと零《こぼ》す。同じくオレンジを着た俺も頷《うなず》いた。

「古城、子ども好きなのか」

「ええ、まあ、人並みには」

微笑《ほほえ》む古城に「早く結婚しろよ、いいぞ結婚は」なんてオッサンじみたことを言いかけて口をつぐむ。なにやら最近彼女ができたらしいけれど、まあ、その辺は本人たちのペースがあるだろう。こいつもこいつで、自分の人生を進んでいる。相変わらず生真面目すぎるところはあるけれど。

「そういえばここ、夏奈ちゃんの幼稚園ですよね」

「ああ」

「夏奈ちゃんは……ああ、いた」

園児の集団の中、夏奈を見つけた古城が手を振りかけ、中途半端な位置で手を止める。

「……あれ、夏奈ちゃん、怒ってます？」

こちらを見る夏奈の目は、三歳なりに据わっている。口はへの字だし。いやまあ、そこも可愛いと思ってしまうから大概だ。

「そうなんだ。朝からお冠なんだ」

今日は夏奈の幼稚園に行くことになっているよ、と伝えたところ『こないで！』と大泣きされたのだ。理由を芙由奈《ふゆな》が聞き出そうとしたが、唇を引き結んで何も教えてはくれなかった。そう説明しようと古城を見ると、奴はぽかんとして口を開く。

「オカンムリ？」

「若いやつ使わないのか、お冠」

「なんですか、それ」

きょとんとされてジェネレーションギャップを味わいつつ意味を説明すると、「ニワトリみたいで可愛いですね」と返ってきて、つい笑う。

「なんだそれ」

「や、こう、赤い冠のニワトリがコケーって怒ってる感じをイメージしたんです」

そう言って笑う古城を見つつ、不思議な安心感に息を吐《は》く。ああこいつ、ほんっと明るくなったよな。かつて、悲壮なまでに自分を追い込み要救助者を助けていた古城の姿が瞼《まぶた》に浮かぶ。

理由を知った今となっては、痛々しくてたまらない姿だ。

「デモ用の消火器、下ろしときますね」

朗《ほが》らかにそう笑う、こっちの古城が本来のこいつの姿なんだろう。白猫を助けるために炎の中に飛び込んだ、勇気のある明るい男だ。

その古城は消火器を持ったままじっと俺を見て「いいですね」と目を細めた。

「何が」

「山内さん。ほんと明るくなりました」

「どうした、急に」

「いや、結婚前後でずいぶん性格違うなって、それだけですよ」

揶揄う口調の古城に肩をすくめた。どうやら同じことを考えていたらしい。

「では、今から消火器を実際に使ってみたいと思います！」

田浦さんの声に、用意していた訓練用の消火器を持ち園児たちの前に向かう。夏奈をチラッと見れば、への字口がさらにひんまがり、据わり切った目には涙が浮かんでいる。

夏奈は本当に怒っているのだ。意地っ張りは母親譲りか。……芙由奈は俺とそっくりだと笑うけれど。

　デモンストレーションや寸劇のあと、園児たちの質問タイムに移る。はいはいはーい、と次々に小さな手が上がる。全員を当ててやりたいくらい可愛いが、時間が足りない。

「はい、最後の質問。じゃあそこの年少さん」

　当てられた女の子が勢いよく立ち上がり、「なつなちゃんのぱぱ、いますか」と少し舌足らずに言う。俺は首を傾《かし》げつつ手を挙げた。

「こんにちは、夏奈のパパです。どうしたのかな」

「わあ、ほんとうにしょうぼうしさんだ！」

　わああ、と夏奈のクラスが盛り上がる。その中で、夏奈だけぎゅっとまだ薄い眉を寄せた。

「かっこいー！」

「ひをけしたりするの」

「なちゅなちゃん、かっこいいね！」

　周囲が盛り上がれば盛り上がるほど、夏奈は悔しそうにぎゅっと唇を噛《か》む。

「夏奈……？」

　さすがに心配になっていると、すかさず教諭が「夏奈ちゃん、どうしたのかな」と夏奈のそばに行く。夏奈は少し泣くのを我慢するように肩を数回揺らし、結局、芙由奈似の綺麗《きれい》な瞳から涙を溢れさせながら立ち上がり、しゃくり上げながら叫《さけ》んだ。

「ぱぱはなつなのぱぱなの！　かっこいいからって、みんなとらないでね」

俺はその言葉にハッとする。

「なつなだけのぱぱなの……」

夏奈は体操服のズボンをぎゅっと握りしめ、すんすんと泣く。駆け寄って抱き上げたい衝動と戦いつつ、ぎゅっと眉を寄せた俺の背中を、田浦さんがバシンと叩《たた》く。今やこの人もほとんど夏奈の祖父みたいなものだった。

「ま、永樹《えいき》が生まれて本人なりにストレス感じてたんだろ」

俺は小さく頷いた。つい先月、夏奈からすれば弟——永樹が生まれていたのだった。


日勤日のため夕方に帰宅して、まずは玄関まで走ってきた夏奈を抱き上げ頰擦《ほおず》りをした。ぎゅっと胸が痛い。

「わあ、なあに」

「なんでもないよ、パパが夏奈をぎゅっとしたいだけ」

小さな夏奈の手が俺の頰をぺちぺち叩く。嬉《うれ》しげに上がった丸い頰も、まだ少し幼さを残すヒヨコみたいな唇も、とても小さい。こんなちっちゃい身体で、我慢して感情を押し殺していたのか。パパもママも弟が赤ちゃんだから大変なんだって、そんなふうに。

「ええ、いいなあパパ、ママも夏奈ぎゅっとしたいな」

すかさず芙由奈が声をかける。永樹もまだ三時間ごとに授乳しないといけなくて疲れているだろうに、芙由奈は産後すぐからかなり夏奈を気にかけていた。夏奈にも幼いながらにそれがわかっているから、一生懸命に我慢したのだ……しすぎてしまったのだ。

気がつけなかったことに胸を痛めつつ娘を見れば、俺たちふたりに抱きしめられてきゃっきゃっとはしゃいでいる。

ごめんな、と内心で謝った。


「智樹くんがかっこいいから、とられると思ったってことかな？」

「多分な。夏奈なりにそう考えたんだろ」

子どもたちが眠ったあと、……といっても永樹はすぐ起きるのだけれど、俺と芙由奈はリビングでそんな話をしていた。

芙由奈の実家に近い、少し広めの低層マンション。俺はコーヒーを飲みながらふう、と息を吐いた。

「なあ芙由奈、明日、花見行くか」

ダイニングテーブルの横に座りココアを飲む芙由奈にそう尋ねる。

「お花見？」

とうに葉桜だ。きょとんとする芙由奈に俺は眉を下げる。

「いや、思い出したんだ。夏奈のやつ、花見に行きたがってたのに。ちょうど永樹が生まれてバタバタしたせいで、すっかり忘れてたんだ」

「そうだったの」

芙由奈が悲しげにきゅっと眉を寄せ、それから思いついたように微笑《ほほえ》んだ。

「なら、明日は永樹をお母さんに預けて、三人で公園はどうかな。ツツジが見頃じゃない?」

「そうするか」

行き先は、かつて中学生だった俺を芙由奈が救った、あの埋め立て地の公園だ。海も見えるし、夏奈のいい気分転換になるだろう。

「さて、芙由奈は今日は朝まで寝てろよ。永樹のミルクは俺やるから……あ、胸、張るか」

永樹は母乳とミルクが半々。ときどきは夜のミルクを交代していたけれど、最近母乳のせいで胸が張るらしい芙由奈は飲ませたほうが楽なのかもしれない。なにしろ夏奈のときには乳腺炎で大変そうだった。

「じゃあ張ったときだけ私が起きてもいい?　それ以外は寝ちゃってる」

「了解」

答えると、芙由奈は「えへへ」と目を細める。

「どうした」

「智樹くん優しーって」

「当たり前だろ、俺の子どもだ」

首を傾げ、微笑む芙由奈の頬に触れる。甘えるように俺の手に擦《す》り寄る芙由奈が愛おしくて、ついくすぐる。芙由奈はくすくす笑い、目を細めた。肋骨の奥がぎゅっとして、突き動かされるように唇を重ねる。

「ね、智樹くん」

ゆっくりと唇を離すと、芙由奈がほんの少し声を甘くして俺を呼ぶ。

「うん」

「私、割と元気……かも」

じっと俺を見上げる綺麗な目にある熱に、腹の奥がずくんと疼《うず》く。

「本当に？」

一ヶ月検診で、もう大丈夫だと言われてるのは知っていた。でも出産なんて身体へのダメージも多いし疲れているだろうと思うと、手は出せていなかった。

「うん」

「無理してないか？」

目元をくすぐるように撫《な》でる。

「智樹くんって本当、心配性」

目を細め俺を見上げ、芙由奈は俺にきゅっと抱きつく。すっかり隠れた顔、けれど見える耳は真っ赤だ。

「ねー……しよ?」

最愛の女性にそう甘えられ、その気にならない男はいないと思う。そっと抱き上げソファに運びながら、気持ちよくてもがっつかないよう頑張ろうと思う。芙由奈が大切だから。

翌朝、「花見に行こう」と誘うと夏奈は飛び跳ねて喜んだ。

「おはなみ、いきたかったの!」

さらさらの細い髪の毛がぴょんぴょんと跳ねる。ジャンプした勢いのまま抱き上げると、きゃあー! と幼児特有の声で夏奈は笑った。芙由奈はニコニコとそれを見ている。

車で実家に向かい、俺に抱っこされた夏奈がインターフォンを押すと、田浦さんが出てきた。

「あれ、田浦さん。来てくれてたんですか」

永樹を横抱きにして目を瞬《またた》く芙由奈に「おう」と優しく目線を送り、それから俺にも笑いかける。

「話は聞いてる。手伝いに来てくれって言われて」

にこっと目尻に皺《しわ》を寄せ説明をする田浦さんの背後から、おかあさんが顔を出す。

「わあ永樹くん、今日はばあばたちと遊ぼうねえ」

芙由奈から永樹を受け取り、おかあさんはこれ以上ないくらいに目尻を下げた。永樹は黒目がちの瞳で自分の祖母を見て、むにゃむにゃと口元を動かした。

「んー、本当に可愛い。もちろん夏奈ちゃんもね！」

「ん！　ばあば、いまからなつな、ぱぱとままとおはなみいくの」

「よかったなあ」

田浦さんに頭を撫《な》でられ、夏奈はふっくらした頬を上げて笑う。

「ひとりでこの子見る自信がなくって、田浦さんに来てもらったの」

「いやあ、お役に立てるか……」

田浦さんは眉を下げる。とはいえ、田浦さんの次の異動先は救急隊だ。救急救命士の資格もあり、おかあさん的には心強いのだろう。

最近、なんとなくわかったことがある。

おかあさんはまだちっともおとうさんを忘れられていない。今も愛し続けている――そんなおかあさんを、田浦さんは心から愛している。おとうさんを想うおかあさんの心ごと。

「じゃあ、お願いします」

夫婦で頭を下げ、永樹を預けて再び車に乗り込む。チャイルドシートに座った夏奈は、助手席の芙由奈に「おべんとうは？」と首を傾《かし》げた。

「作ってきたよ。ナツの好きなもの、たーくさん入れたよ」

きゃあ、と夏奈は手を口に当てて喜ぶ。

「ういんなーも？」

「タコさんにしたよ」

「ハンバーグも？」

「玉ねぎなしのね！」

バックミラーで見てみれば、わああ、と夏奈は目をキラキラさせて喜んでいた。

公園に到着するやいなや、夏奈はウサギのように跳ね回り、飛び回るようにして遊んだ。お花見のはずなのに、ツツジには目もくれない。ただ、ツツジの前ではしゃぐ娘が可愛くてたくさん写真を撮ってしまった。それだけでなく、芙由奈の膝の上で弁当を頬張るところや、芝生の上で寝転がるところなど、とにかく一瞬一瞬が可愛らしい。


夕方に差し掛かった頃、抱っこをせがまれた。目がとろんとしている。

手を取れば、小さな手がぽかぽか温かい。

「眠いのか？」

「なつな、ねむくないもん……」

そう言っていたのに、抱っこするなり瞼《まぶた》を半分落とした。

「まだ、あしょびたいの……」

「また三人で来よう？　ナツ」

芙由奈が言うと、夏奈は「んーん」と眠気に飲み込まれそうになりながらも首を振った。

「こんどは、えいちゃんも」

夫婦で顔を見合わせる。今度は永樹と一緒がいいらしい。

言い終わった夏奈はストンと眠りに落ちる。くう、くう、と可愛らしい寝息が愛おしい。

「はしゃいでたもんね、眠いよね」

芙由奈が優しい手つきで夏奈の頭を撫でる。愛おしくてたまらない表情だった。

「また、こういう夏奈を優先する時間、作ろうな」

駐車場に向かって歩き出しながら芙由奈を見れば、彼女は頷き「そうしよう」と穏やかに笑う。

「でもまずは一回、四人で遊んでから」

「そうだな」

「ほんと優しい子だな。誰似だろ」

そう言った芙由奈が、俺を見上げて目を細める。

あたりは夕陽になりかけの、温かな初夏の日差しに包まれている。

「それにしても、智樹くん変わったよね」

「何が」

「なんか、丸くなった。結婚して笑うようになったけど、夏奈が生まれてからは角が取れたっていうか」

遊歩道に落ちるふたつの影。俺の影には娘のものが重なっている。

「角?」

「うん」

「俺は昔からそこまで四角四面じゃなかっただろ」

「うーん、もうピシッとしてたよ、ピシッと」

そう言って芙由奈は笑い、続けた。

「私も変わったかも。強くなった気がする」

「そうか?」

聞き返しながらも思う。

芙由奈は昔から強かったけれど。

「ん。強くなったというか、守る存在ができたっていうか」

ああ、と頷いた。

「まあな。でも本質的なところは、何も変わってない」

「どんなところ?」

「芯がある。俺はそういうの、かっこいいと思うよ」

そう言うと、芙由奈は目に見えて照れ顔を赤くする。

「ありがと」

呟く芙由奈の影に、一瞬俺の影が重なる。こめかみにキスをしたからだ。

芙由奈は目を瞬き、俺を見て笑う。そのかんばせは夕陽で橙《だいだい》がかっている。

きらりと輝く瞳には、俺と娘が映っていた。俺たちもまた、暮れかけた陽でオレンジだ。

その色におとうさんを思い出す。

彼は笑っているだろうと、そう思う。あの人は人の笑顔が大好きだったから。

これからも俺たちは変わり続けていく。――生きているから。それは微かに胸が痛むことだけれど、それでも進んでいかなきゃいけない。

妹だった芙由奈を女として愛して、結婚して、父親と母親になった。

俺もどうやら丸くなったらしい。

俺たちの関係性もきっとこれからも変わっていく。それでも一緒に歩き続ける。握り合う手がしわくちゃになっても、絶対に離さない。全部が変わろうと、俺は芙由奈を愛してる。

きっとそれは彼女も同じだと、そう確信している。

あとがき

お世話になっております。にしのムラサキです。このたびは本作品を手にとっていただきありがとうございました。エリート職業男子シリーズ第一弾、レスキュー隊所属の消防士さんでした。楽しんでいただけていたら幸いです。

ほかの消防士ヒーローのあとがきでも書いたのですが、消防士さんを書いているときやけに防火防災意識が高まります（普段から高めておけよという感じですが）。本当に火は怖い。皆様も気を付けてお過ごしください。

また、如月瑞先生には素敵すぎるヒーロー&ヒロインを描いていただきました！　ヒロインの元気かわいい感じはもちろんなのですが、ヒーローのかっこよさをこれでもかと描いてくださってとても嬉しく思っております。挿絵ご覧になられましたか、色気が……！　すごい……！　ありがたいです。そして編集様及び編集部様には毎度毎度ですが今回もご迷惑をおかけしました。いつもすみません……！

最後になりましたが、関わってくださったすべてのかたにお礼申し上げます。なにより読んでくださる読者様には何回お礼を言っても言いたりません。

本当にありがとうございました。

<エリート職業男子シリーズ>
独占欲強めなエリート消防士さまの溺愛包囲網
Vanilla文庫 Miel

2025年4月5日　第1刷発行　　定価はカバーに表示してあります

著　作　にしのムラサキ　©MURASAKI NISHINO 2025
装　画　如月 瑞
発行人　鈴木幸辰
発行所　株式会社ハーパーコリンズ・ジャパン
東京都千代田区大手町1-5-1
電話　04-2951-2000（営業）
0570-008091（読者サービス係）

印刷・製本　中央精版印刷株式会社

Printed in Japan ©K.K.HarperCollins Japan 2025 ISBN978-4-596-72929-3

「あ、はぁっ、あっ、
イって、
もう、イってるぅっ、
智樹く、智樹くんっ」
「知ってるよ、
ナカ、エグいくらい
痙攣してるもんな」